照れ降れ長屋風聞帖【八】

濁り鮒

坂岡真

双葉文庫

JN054439

目次

※本書は２００７年８月に小社より刊行された作品に
加筆修正を加えた「新装版」です。

濁《にご》り鮒《ぶな》

一

　おまつの腹はみる間に膨《ふく》らみ、ついに臨月を迎えた。

　浅間三左衛門《あさまさんざえもん》は居ても立ってもいられない。楊枝削《ようじけず》りや扇《おうぎ》の絵付けにいそしんでいても気はそぞろ、晩のおかずの買いだしや洗濯などで気をまぎらわせている。

「ご精の出るこった」

　取りあげ婆《ばば》のおとらはおまつの按腹《あんぷく》をすませ、いつものように皮肉った。

　しゃきしゃきした性質《たち》のおとらからみれば、三左衛門は鈍くて融通《ゆうずう》の利かぬ山出し侍にしかみえない。

「おとら婆さんよ、おまつはどんなあんばいかな」

「さあてね」

「そりゃないだろう」

「案ずるこたあねえさ。はじめての子じゃねえんだし、ご本人がいっちわかっていなさる。それより、どうにかしてほしいのはお天道《てんとう》さまのほうだよ」

鬱陶《うっとう》しい雨は熄《や》む気配すらなく、すでに五日も降りつづいている。

どぶ板の下を流れる汚水は溢《あふ》れそうで、長屋の連中は気が気でない。

だが、おなじ心配をするなら、出水のほうを心配したほうがよさそうだ。

渦巻く大川《おおかわ》の濁流は、土手に立って見下ろす者たちの足をすくませた。

裏道を挟んで対面する日本橋川《にほんばしがわ》も危うい水位まであがっており、魚河岸《うおがし》とのあいだを行き来する荷船や艀《はしけ》も何やら大きくみえる。

照降町《てりふりちょう》の長屋群はいくたびか、床上まで水に浸かったことがあった。

いざとなったら、自身番《じしんばん》で背負子《しょいこ》を借り、おまつを負ぶって逃げるしかあるまい。

「ふん、これしきのことで町は沈まねえよ」

おとらは鼻を鳴らし、物知り顔で言いはなつ。

これまでに取りあげた赤ん坊は千人を軽く超えるとも聞くし、三左衛門にとっておとらのことばは御神託《ごしんたく》のようなものだ。五日前に「いつ産まれてもおかしかねえ」とのお告げを聞いてから、湯屋に行くのもままならず、じっとしていても汗ばんでくる梅雨時《つゆどき》だから、饐《す》えた臭いがただよってくる。

十歳になった娘のおすずには「臭い、臭い」と毛嫌いされ、義弟の又七《またしち》からは幸手屋茂兵衛《さってやもへえ》の虱《しらみ》失せ薬を買わされる始末。馴染《なじ》んで通った居酒屋の縄暖簾《なわのれん》を振りわけることもなくなり、趣味の投句《とうく》を入花《にゅうか》するために浮世小路《うきよしょうじ》の茶屋まで足をはこぶこともなくなった。

「ふだんどおりにしていりゃいいのさ。いざ、産まれるってときになっても、殿方は邪魔になるだけさね」

おとらにたしなめられても、のんびり出掛ける気分にはなれない。

月に一度、柳橋《やなぎばし》の夕月楼《ゆうづきろう》で催される歌詠《うたよ》み会にも顔を出さず、亭主の金兵衛《きんべえ》からは「すっかり鼬《いたち》の道におなりで」と皮肉を聞かされた。

投句仲間で定町廻りの八尾半四郎《やおはんしろう》や半四郎の伯父《おじ》で鉢植え名人の半兵衛《はんべえ》とも、とんとご無沙汰《ぶさた》してしまっている。

浪人仲間の轟十内《とどろきじゅうない》からも、夜釣りに誘ってもらえなくなった。

仲間との付き合いを楽しむ余裕はなく、いつもそわそわしている。

おまつが仲人稼業《なこうど》を休んでいるあいだ、まともな稼ぎ口をみつけねばと焦ってもみるのだが、しっかり者のつれあいは頼母子講《たのもしこう》に従前から小金を積みたてており、まんがいちの算段は疾《と》うにできているようだ。

それでも、何かの役に立ちたい。身重のからだには鯉《こい》がよいと聞けば、どこかしらから調達してきて、毎日のように鯉こくをつくってやった。どこかで赤ん坊が産まれたと聞けば、一目散に駆けつけ、湯浴《ゆあ》みの仕方やら襁褓《むつき》のくるみ方なぞをじっくり観察し、筆を舐《な》めながら帳面に書きとってきた。

おまつが「ほら、また蹴った」と嬉しそうに腹をさすれば、前垂《まえだ》れを付けたまま「どれどれ」と身を寄せ、膨れた腹に耳を当てては涙ぐむ。

そうした態《てい》で毎日を過ごしているせいか、井戸端に雁首《がんくび》を並べた嬶《かか》ァどもからは呆れられていた。

むしろ、おまつ本人やおすずのほうが悠然《ゆうぜん》と構えている。

蒼《あお》い顔でおろおろしていると、おすずに「意気地なしの赤鰯《あかいわし》」と嘲笑《わら》われ、おまつには「じたばたしてもはじまらないよ」と元気づけられた。

正直、自分がこれほどの小心者だとはおもってもみなかった。

何にせよ、無事に産まれてほしい。

母子ともにこの難局を乗りきってさえくれれば、ほかに何ひとつ望みはありません。それだけで満足です、ありがたいことですと、暇をみつけては露地裏のお稲荷《いなり》さんを拝んでいる。

もちろん、戌《いぬ》の日の安産祈願は欠かさず、三田《みた》にある有馬《ありま》屋敷の水天宮《すいてんぐう》には幾度となく詣《もう》でた。

やるべきことはやりつくし、すべての不安を痩《や》せたからだで一身に背負い、ひとりだけ目の下に隈《くま》をつくっている。

「莫迦《ばか》くせえ。お侍《さむれ》えなら、野暮な真似はしねえこった。両刀《りゃんこ》ざしが井戸端で洗濯しているざまなんざ、みられたもんじゃねえ」

おとらは怒ったように吐きすて、帰り支度をはじめる。

「おめえさま、ご近所で何て呼ばれているかご存じかい」

「さあ、知らぬなあ」

「豆侍《まめざむらい》だとさ」

「豆侍」

「豆に働くからじゃねえよ。豆腐《とうふ》の腐が抜ければ豆だろ、だからね、豆ってのは腑抜《ふぬ》けのことなのさ」

「おもしろい」

「おや、笑いなすったね。おめでたいおひとだよ」

禄《ろく》をはなれた浪人になっても、侍という身分はつきまとう。やたらに威張りちらせば、中味のない張《は》り子《こ》侍と陰口を叩かれ、気弱なところをみせれば、堂々と侍らしくせよと世間は口を揃える。口さがない連中の憂《う》さ晴らしに付き合っていたら、堪忍袋《かんにんぶくろ》がいくつあっても足りない。

おとらは言いたいことを言うと、裏木戸から去っていった。

三左衛門は両手を合わせ、老婆の丸まった背中を見送った。

おまつは竈《かまど》のまえで腰に手を当てて踏んばり、鯉こくの灰汁《あく》を掬《すく》いはじめる。

「ああして三日に一度は来てくれる、大助かりだよ」

「まったくだ。少々皮肉を言われても、あの婆さまには腹も立たぬ」

いざとなれば、頼るべき相手は他にいない。

おとらは神仏とおなじだった。

部屋の片隅では、おすずが「おひとつおあげ、おふたつおあげ」と唄いながら、お手玉をしている。

三左衛門は上がり端《はな》に座り、楊枝を削りはじめた。

ふうっと、おまつが溜息を吐《つ》く。

心配事でもあるのかと、不安になった。

腹の子には母親の気鬱《きうつ》がいちばんわるい。

「おきっちゃんのことが案じられてねえ」

「おきち、誰だそれは」

「お忘れかい、おとらさんの孫娘だよ。三年前に仲人をさせてもらったろう」

「おもいだした」

おとらは元吉原町《もとよしわらちょう》の竈《へっつい》河岸《がし》で、亭主の善兵衛《ぜんべえ》に汁粉屋《しるこや》をやらせている。ふたりのあいだには、おしゅんという娘がひとりあった。ところが、好きな男と駆け落ちし、十何年もまえに行方《ゆきがた》知れずとなっていた。

おきちは、おしゅんの残していった父無《ててな》しっ子だった。おとらと善兵衛は孫娘を目に入れても痛くないほど可愛がり、一人前の娘に育てあげた。

「別嬪《べっぴん》なうえに、気だてがよい。たしか、汁粉屋の看板娘だったな。うん、汁粉一杯に九十文払う阿呆《あほう》もおった」

「惚《ほ》れ代九十文の看板娘も、今じゃ立派におなりさ。樋口屋《ひぐちや》さんのお内儀《かみ》だよ」

樋口屋といえば、日本橋本町大路《ほんちょうおおじ》に店を構える薬種問屋にほかならない。旦那の孝太郎《こうたろう》は三十、若いわりにしっかり者との評判で、問屋仲間の肝煎《きもい》り代行を任されている。

「わたしが言うのも何だけど、孝太郎さんは肝っ玉の太い二代目でね」

三年前、町角で偶《たま》さか見掛けたおきちに一目惚れし、その場で縁談を申しこんだ。

しかし、ふたりは大店《おおだな》の若旦那と汁粉屋の娘、身分にちがいがありすぎて釣りあいがとれない。樋口屋の親族は良い顔をせず、縁談を申しこまれたおとらと善兵衛も世間体を憚《はばか》って丁重に断った。それでも、孝太郎はあきらめきれず、人を介して、おまつのところへ難題を持ちこんだ。

「どうしても、おきっちゃんといっしょになりたい。孝太郎さんは親に勘当されても、いっしょになるんだって言いはった」

若旦那の一途《いちず》な情熱に打たれ、おまつはひと肌脱いでやった。

それというのも、初子《はつご》のおすずを取りあげてもらった仲でもあり、おとらとは強い絆《きずな》で結ばれていたのだ。

おきちのことも、手習いにあがった時分から知っている。

せっかくの縁談なので、おまつは何とか力になってやりたかった。紆余曲折《うよきょくせつ》のすえ、めでたくふたりは夫婦《めおと》になった。

おきちは嫁いだその日から身を粉にして働き、孝太郎に尽くした。てきぱきと差配する様子が姑《しゅうとめ》や小姑《こじゅうと》にも気に入られ、奉公人たちからの信頼も厚く、ご近所や贔屓《ひいき》筋からの評判も良いと噂に聞いていた。

そうしたやさき、おまつは元吉原にある三光稲荷《さんこういなり》の植木市で、目を泣き腫《は》らしたおきちを見掛けた。

「遠くから声を掛けたけど、おきっちゃんには聞こえなかった。死人のような足取りで人の波に呑まれちまったのさ」

それが六日前のことだ。

実弟の又七に言いふくめ、おきちの様子を探りにいかせたが、店ではいつもどおり、笑顔を絶やさぬお内儀でいるという。

「おおかた、お姑さんに小言でも貰ったんだろう。そんなふうに思ってもみたけれど、どうにも気になって仕方ない。胸騒ぎが増してゆくばかりでねえ。だって、ふたりの赤縄《せきじょう》をつないだのはわたしだよ。放ってはおけないじゃないか。でもね、おとらさんに聞くのは酷《こく》なはなしだ。たぶん、何にも知らないさ。たとい何かあっても、おきっちゃんは心配を掛けまいと、黙っているはずだからね」

おまつはまた溜息を吐き、恨《うら》めしそうに軒先を睨《にら》んだ。

「晴れてくれりゃ、訪ねてゆくものを……あ、そうだ、おまえさん、ちょいと三丁目まで行ってきておくれでないかい」

「わしがか」

「おきっちゃんにお会いして、おまつが心配していたって、それだけでもお耳に入れてきておくれよ」

「弱ったな」

「どうして」

「おきちとは喋《しゃべ》ったこともない」

「先方はご存じですよ。おまえさんが楊枝を削る豆侍だってこともね、うふふ」

「だったら、なおさら逢いたくないな」

「四十三にもなって恰好つけてもはじまらないよ。行かないって仰《おっしゃ》るなら、わたしが行きます。大きなお腹を抱えてね、濡れしょびれた恰好でひょこらひょこらと、みっともないなりで歩んでゆきますけど、いいかしら」

いいわけがない。

三左衛門は重い腰をあげ、高歯《たかば》の下駄《げた》を突っかけた。

「そうこなくっちゃ。おすず、燧石《ひうち》」

「はあい」

耳脇で火花を散らされ、雨中に送りだされる。

「夕餉《ゆうげ》までにはお帰り。あったかい鯉こくが待っているよ」

三左衛門は、悲しげな顔で番傘《ばんがさ》をさした。

誰が何と言おうと、出産に立ちあいたい。

この世に新たな命が産まれでる瞬間をみたい。

赤ん坊の泣き声を、どうしてもこの耳で聞きたいのだ。

おまつならわかってくれよう。が、気恥ずかしくて告白もできない。

帰ってくるまでに子が産まれぬことを祈りつつ、三左衛門はどぶ板を踏みしめた。

二

伊勢町《いせちょう》の堀留《ほりどめ》に架かるのは雲母橋《きらずばし》、雨に烟《けむ》る土手下の湿地には杜若《かきつばた》が群生している。

堀留の向こうは浮世小路、橋の手前を右手に折れれば本町三丁目の大路にぶつかる。

薬種問屋が軒を並べる三丁目のなかでも、樋口屋の屋根看板はひときわ目立っていた。

「あれか」

三左衛門は足を止め、往来の片隅から屋根看板を見上げる。

一歩踏みだす勇気が出ない。

伸びた月代《さかやき》に無精髭《ぶしょうひげ》、垢《あか》じみた媚茶《こびちゃ》の着物を纏《まと》った風体《ふうてい》は、どう眺めても痩せ浪人だ。

これでも、むかしは上州富岡《じょうしゅうとみおか》にある七日市藩《なのかいちはん》（一万石）の馬廻り役をつとめていた。小太刀を遣わせたら右に出る者はおらず、名だたる剣豪から「眠り猫」と呼ばれて畏怖《いふ》された富田勢源《とだせいげん》の再来とまで評された。

そのころの、対峙《たいじ》する者を呑みこむような迫力は、すっかり影をひそめてしまった。

事によったら物乞《ものご》いとまちがわれ、門前払いされるやもしれぬ。

「みじめだな」

いちどそんなふうに考えはじめると、深みにはまった。

自分が矮小《わいしょう》に感じられ、一歩も足が出なくなる。

「やめとこう」

踵《きびす》を返しかけたとき、店の脇から男が飛びだしてきた。

きちんとした身なりの大柄な男だ。

「あれはたしか」

若旦那から旦那になった孝太郎にまちがいない。

眉の繋《つな》がった四角い顔、祝言《しゅうげん》のときにみた顔だ。商人らしからぬ無骨な印象に好感をもった。

どこへ行くのだ。

見送りの者もいない。

傘もささずに、撥《は》ねを飛ばして走りだす。

そして、暗がりで辻駕籠《つじかご》を拾い、酒手《さかて》を渡してするっと乗りこんだ。

「妙だな」

大店の主人なら乗り心地の良い宿駕籠を頼むはずだし、小僧のひとりくらいはお供に連れてゆくところだ。

好奇心の虫が疼《うず》いた。

「追うか」

三左衛門は裾《すそ》をからげた。

――へい、ほう、へい、ほう。

駕籠は大路を東に向かい、大伝馬町《おおでんまちよう》、通旅籠町《とおりはたごちよう》、通油町《とおりあぶらちよう》と矢のように過ぎ、浜町堀《はまちようぼり》を渡ってさらに突きすすんだ。

通塩町《とおりしおちよう》、横山町《よこやまちよう》とすすめば、そのさきは両国《りようごく》の広小路《ひろこうじ》である。

三左衛門は傘をたたみ、全身ずぶ濡れになって必死に追った。

なぜ、追う。

自分の勘が「追え」と叫んでいる。それだけのことだ。

成りゆきまかせ、風まかせ、七年余りまえに七日市藩を出奔《しゆっぽん》し、身分も名も故郷も捨てて江戸へ来てからは、ずっとそうして生きてきた。

子連れのおまつと出逢ったのも、おすずも入れて三人で照降町の裏長屋に暮らしはじめたのも、運命に身をまかせて生きるときめたからだ。

悔いはない。

それどころか、つくづく自分は運に恵まれているとおもう。

けっして裕福ではないが、自由気儘《きまま》な長屋暮らしを楽しんでいる。城勤めではこうはいかない。しがらみに縛られた武家の暮らしに戻れと言われたら、死んだほうがましだ。

駕籠は両国広小路の手前を右手に折れ、薬研堀《やげんぼり》へ通じる横丁を走った。いくつか露地を曲がり、朽《く》ちかけた棟割長屋のあつまる袋小路にはいってゆく。

雨脚は次第に強まり、下駄の高歯が水溜まりに浸かった。

なだらかな傾斜を降りていったどんつきには、小山のように土手が盛りあがっている。

土手の向こうは大川に通じる入り堀、広大な薬研堀はほとんど埋めたてられたものの、一部はまだ残っている。このあたりは地べたが水面より低いので、土手が決壊すればひとたまりもあるまい。

袋小路の奥まったところで駕籠は止まり、孝太郎が垂れを撥ねあげた。

駕籠代をさっと払い、黒板塀《くろいたべい》のしもた屋に消えてゆく。

三左衛門は空駕籠をやり過ごし、しもた屋に近づいた。

左右をみても、通行人の影はない。

小粋《こいき》な構えの表口には、三味線指南《しゃみせんしなん》と書かれた看板がぶらさがっている。

「妾宅かな」

孝太郎が妾を囲っているとすれば、おきちが目を泣き腫らしていた理由も何となく説明できそうだ。

「ふん、莫迦らしい」

三左衛門は番傘をひらき、黒板塀に背をむけた。

夫婦の喧嘩《けんか》は犬も食わぬというし、嫉妬《しっと》につける膏薬《こうやく》もない。

おきちにおまつの言伝《ことづて》を告げたところで、屁《へ》のつっぱりにもなるまい。

勝手に、そう判断した。

こんなことにかかずらわってなどいられない。

今にも、子が産まれているかもしれないのだ。

腹立たしさが込みあげ、叫びたくなってくる。

三左衛門は口を開け、雨粒を呑みこんだ。

「くそったれ」

腹の底から悪態を吐く。

刹那《せつな》、背後に殺気が立った。

しもた屋の表口から、男がひとり顔を出している。
孝太郎ではない。咽喉仏《のどぼとけ》の尖《とが》った悪相の男だ。
右手を懐中に入れ、じっと睨みつけている。
匕首《あいくち》を呑んでおるのか。
少なくとも、三味線を習いにきた弟子ではない。
人相風体から推《お》すと、地廻りの手下にみえた。
ごろつきめ。
そうなると、はなしはちがってくる。
妾宅ではないのか。
ならば、いったい。
詮索《せんさく》することではあるまい。
孝太郎は自分の意志でやってきたのだ。
赤の他人が口出しするはなしでもない。
「ま、そういうことだ」
後ろ髪を引かれつつも、三左衛門は歩みはじめた。
男の視線を背中に感じながら、足早に袋小路から逃れていった。

三

長屋に戻ってみると、間抜け面の義弟が鯉こくを啜《すす》っていた。

「又七か」

「よう、兄《あに》さん。あらあら、濡《ぬ》れ鼠《ねずみ》になっちまって、どうしなすったんだい」

おまつが、横から口を挟んだ。

「わたしの用事さ」

「ふうん、姉《あね》さんの」

「おまえ、いつまでも、ただ飯食らっててんじゃないよ」

おまつは又七の月代をぴしゃりと叩き、大きい腹を抱えて近づいてくる。

「おまえさん、ご苦労さまでしたね」

「ふむ」

三左衛門は、ほっと肩の力を抜いた。

産まれておらぬ。今日のところは無事らしい。

「おとらさんが言ってましたよ。まだ四、五日はさきだろうって」

「なに、わしは、いつ産まれてもおかしかねえと告げられたぞ」

「からかわれたんでしょ」

「婆さんめ、一杯食わしたな」

濡れた着物を脱ぎ、三左衛門は褌《ふんどし》一丁になった。

上がり端に立って着物を雑巾《ぞうきん》絞《しぼ》りにしていると、おまつが水玉の手拭いで背中を拭いてくれた。

気持ち良い。垢がぼろぼろ落ちてくる。

「おえっ」

又七が吐きそうになった。

おすずは表情も変えず、お手玉をやりはじめる。

「で、おまえさん、ご首尾は」

三左衛門は、鯉のように口をもごつかせた。

答えられずにいると、おまつが勝手に喋りだす。

「又のやつがね、おきっちゃんの悩みを突きとめてきたんですよ」

「ほ、そうか」

すかさず、又七が割りこんできた。

「へへ、女中頭を誑《たら》しこんだのさ。兄さん、おれだってたまにゃ役に立つんだぜ」

「いったい、どうやって誑しこんだ」

「おいらはね、四《よ》つ目屋《めや》忠兵衛《ちゅうべえ》の手先をやっているのよ」

「四つ目屋」

薬研堀に近い米沢町《よねざわちょう》二丁目にある秘具秘薬店で、上方《かみがた》にまで名の知れた店だった。近頃は不景気で店売りだけでは商売にならず、武家や商家の奥向きなどへ売りこむようになったらしい。

口入屋《くちいれや》の紹介で雇われた行商はみな、軽薄を絵に描いたような男どもだ。

「おいらは稼ぎ頭でね、人気の女悦薬《にょえつぐすり》に張形《はりがた》を付けてやったら、女中頭は途端に舌のまわりがよくなったってわけ、うひひ」

「いやらしい笑い方をするんじゃないよ、おまえはちょっと黙ってな」

おまつに鋭く叱責《しっせき》され、又七は亀《かめ》のように首を縮めた。

「おまえさん、おきっちゃんの悩みはね、どうもふたつあるらしいんだ。ひとつ目は子だよ。大きな声じゃ言えないけど、所帯をもって一年目に流産しちまってねえ、それからはおめでたの兆《きざ》しがないらしいんだ」

嫁《か》して三年、子なきは去る。三年経っても子のないときは、三行半《みくだりはん》を書かれても文句は言えないと世間では言う。

「お姑さんの眉間《みけん》に縦皺《たてじわ》がはいれば、嫁の立場としては気が気じゃない。こればっかりは焦っても仕方のないはなしなんだけどねえ」

三左衛門は頷《うなず》きもせず、冷えたからだを手拭いで摩擦《まさつ》し、乾いた着物を羽織った。

湯気の立った鍋《なべ》のそばに座ると、又七が汁をよそってくれる。

おまつは竈のほうから、燗《かん》をつけたちろりをはこんできた。

「おまえさん、はい」

「お、すまぬ」

愛用のぐい呑みに燗酒を注がれ、三左衛門は目尻《し》を下げた。

一気に呷《あお》ると熱いものが咽喉元を通り、胃袋に沁みこんだ。

「ぷふう」

「美味《おい》しいかい」

「格別にな」

「それじゃ、はなしのつづきだよ。深刻なのはね、ふたつ目のほうなんだ。どうやら、孝太郎さんが妾を囲っているらしいんだよ。それも、おきっちゃんには内緒でね」

　ほら来たとおもいつつ、三左衛門は椀《わん》を手にした。

　湯気に鼻を突っこみ、鯉こくをずるっと啜る。

「わかったのは、つい先だってのことでね」

　樋口屋の手代が、偶さか孝太郎と妾らしき女が密会しているのを見掛け、ふたりのあとを跟《つ》けた。手代は女中頭にそのことを囁《ささや》き、女中頭は迷ったあげく、おきちに告げ口をしたらしい。

「匿女《かくしおんな》の名はおみく、芸者あがりの中年増でね、薬研堀の露地裏にある黒板塀のしもた屋に、三味線指南の看板を出しているとか。おきっちゃんはそれを聞き、何かのまちがいだと一笑に付したらしい。でもね、目には涙を溜めていたんだと。なにせ、まだ二十一だからね。亭主の浮気を黙って見過ごせるほど、人間ができちゃいないのさ。どっちにしろ、わたしらにできることは何ひとつないよ。夫婦のあいだのことだからね」

　三左衛門は頰を強張《こわば》らせ、ぐい呑みをかたむける。

　おまつがちろりを手に取り、酒を注ぎたしてくれた。

「でもね、悩み事を腹に溜めこむのは良くないことさ。わたしでよかったら、いくらでもはなしを聞いてあげる。もちろん、おとらさんには内緒でね。ま、そんなふうに言伝《ことづて》してきてほしかったんだけど、ねえ、おまえさん、おきっちゃんの様子はどうだった」

顔を覗きこまれ、三左衛門は目を逸らす。

「まさか、会えなかったとか」

「そのまさかだ」

「わざわざ、雨のなかを足労《そくろう》したってのに」

「おきちに会っても詮無《せんな》いこととおもってな」

「どういうこと、子供の遣いじゃあるまいし」

「じつはな、若旦那を乗せた辻駕籠のあとを跟けたのだ。薬研堀にある黒板塀のしもた屋まで行ってきたのさ」

「なんですって」

おまつが驚いた隙を衝《つ》き、又七が突っこみを入れた。

「だろう。やっぱし、若旦那は妾を囲っていやがった。なあ、姉さん」

「あたしゃ、信じたかないね。孝太郎さんは、おきっちゃんに心底惚れていなすったんだよ」

「どんなに惚れた相手だろうが、時が経てば飽きちまう。男なんてそんなもんさ」

又七はしんみりこぼし、糸のように目をほそめて酒を舐めた。

「女にもてたこともないくせに、知ったふうなことを抜かすんじゃないよ」

「姉さん、ちょいと待ってくれ。これでも、むかしは廓《くるわ》荒らしの又七と呼ばれた遊び人だぜ」

「廓荒らしだって、聞いたこともないねえ」

姉弟の口喧嘩を背中で聞きながし、三左衛門は下駄を突っかけた。しもた屋で目にした男のことを、言おうか言うまいか迷っている。おまつに告げれば、詳しく調べてくれとせがまれるにきまっていた。そうなれば、こんどこそ、出産には立ちあえまい。

「おまえさん、どこへお出掛けだい」

「裏の祠《ほこら》だ」

「お参りですか。古井戸が溢れそうだって聞きましたよ、お気をつけてくださいね」

「ふむ、わかった」

外へ出て傘をさした。

雨は心なしか、小降りになったようだ。

四

露地裏のどんつきには、朱の剝《は》げた稲荷の祠がある。

祠には白狐《びやつこ》が祀《まつ》られ、朝夕一度ずつ参るのが習慣となっていた。

おまつの言った古井戸は祠の裏手に掘られており、今は使われていない。底を埋めてあるので、雨がつづくとよく溢れた。ゆえに、水逃しの側溝《そつこう》が周囲に掘られ、それが小川のようにみえる。

三左衛門は白狐にお参りを済ませ、裏手へまわってみた。

なるほど、古井戸からは水が溢れ、側溝に泥水が流れこんでいる。

泥水は汚水を流す溝《みぞ》に通じており、途中に網で堰《せき》がつくってあった。

「おや」

堰の手前に、水飛沫《みずしぶき》があがっている。

近づいてみると、肥えた鮒がのたうちまわっていた。

「濁り鮒か」

おおかた、洟垂《はなた》れどもがふざけて古井戸に抛《ほう》ったのだろう。

梅雨時の雌鮒は卵を孕《はら》んでいるので、食えばかなり美味《うま》い。

だが、鱗《うろこ》の傷ついた鮒が哀れにおもえて仕方なかった。

「逃してやろう」

傘をすぼめて腰を屈め、両手で鮒をつかまえた。

「うはっ」

おもわず笑ってしまうほど、活《い》きがよい。

逞《たくま》しく尾を振る鮒を、三左衛門は本井戸に逃してやった。

本所深川《ほんじょふかがわ》を除く江戸市中の井戸は、地下水を汲《く》みあげる掘りぬき井戸ではない。

底に横樋《よことい》の水道が通り、井戸同士は繫がっていた。

水道をみつけてくれれば、いずれ川へ逃れることもできよう。

雌鮒は銀鱗《ぎんりん》を光らせて悠々と泳ぎ、やがて、水底深く沈んでいった。

「嬉しそうだったな」

放生《ほうじょう》の功徳《くどく》を施《ほどこ》した気分だ。

迷いこんだ鮒の気持ちはわからぬ。

が、ともあれ、吉兆《きっちょう》であってほしい。

長屋に戻りかけ、ふと、三左衛門は立ちどまった。

祠のまえで熱心に祈る女の後ろ姿を見掛けたのだ。

傘もささず、紫の御高祖頭巾《おこそずきん》を濡らしている。

羽織っているのは、たいそう立派な紋付だ。

商家の新造であろうか。

少なくとも、長屋の住人ではない。

三左衛門は背後からそっと近づき、傘をさしかけてやった。

新造は振りむき、長い睫毛《まつげ》を瞬《しばたた》く。

泣いていた。

「あ、おぬしは」

「樋口屋のきちにござります」

「どうしたのだ、こんなところで」

「近くに用事がありましたもので、立ちよらせていただきました。木戸口のほうから窺《うかが》ったら、浅間さまのおすがたがみえましたもので」

「さようか」

「あの、おまつさまはいかがですか」

「もうすぐだ。婆さまがいてくれるおかげで助かる」

「楽しみですね」

「まあな。ところで、なぜ、泣いておった。ご亭主のことか」

「え」

図星《ずぼし》のようだ。

熱心に祈っていたのは、孝太郎のことだったにちがいない。

「このところ、毎晩お帰りが遅くて。どこで何をしておられるのやら」

「噂を気にしておるのだな」

「わたしは旦那さまを信じております。でも……」

おきちは気丈に胸を張ってみせたが、薄紅色《うすべにいろ》の唇《くち》もとを震わせた。

「……もし、噂がほんとうなら、身を引くしかありません」

三左衛門は、言いたいことばを呑みこんだ。

亭主は浮気などしておらぬと断言してやりたいのだが、確乎《かっこ》たる証拠があるわけでもない。

「ご亭主と、じっくりはなしをしてみたらどうだ」

「そんなこと、恐ろしくてできません」

「そうか。ま、ご亭主を信じてやることだ」

「お気に懸けていただき、ありがとう存じます。おまつさまには、くれぐれもご心配なさらぬようにとお伝えください」

「逢わずに行くのか」

「日をあらためて、ご挨拶《あいさつ》に伺います」

孝太郎のことですっかり弱気になってしまい、信頼できる誰かに救いを求めたかったにちがいない。気づいてみたら、実家の汁粉屋ではなく、照降町の裏長屋に足をはこんでいた。しかし、やって来たはいいものの、臨月のおまつに心配を掛けるのはまずいとおもいなおしたのだ。

「それなら、傘をさしてゆくといい」

「お気持ちだけ、頂戴《ちようだい》いたします」

おきちは淋《さび》しげに微笑《ほほえ》み、こちらに背中をむけた。

木戸口の手前で振りむき、軽く会釈《えしやく》をして去ってゆく。

「弱ったな」

おきちの流した涙に、三左衛門は心を動かされてしまった。

五

妊婦が産所で気を失いかけたときは、酢《す》を嗅がせると効くらしい。

おとらの亭主の善兵衛は、そもそも、小さな酒屋を営んでいた。ところが、出産でおとらが呼ばれるたびに、売り物の酢を請われる。酢の代金を催促するのも面倒で、ついに酒屋をたたんでしまった。

酸っぱいものを売る店から、甘い仲の男女に甘いものを食わせる汁粉屋に商売替えしたのだ。

何事もなく、二日が過ぎた。

三左衛門は汁粉屋へ出向き、正確にはあと何日猶予《ゆうよ》があるのか、おとらに糺《ただ》そうと考えた。

もし、猶予があるなら、おきちと孝太郎の絆を取りもどしてやりたい。

やはり、見て見ぬふりはできそうになかった。

おまつもふくめて、周囲はみな誤解している。

孝太郎は匿女を囲っており、そのことで夫婦仲がおかしくなるかもしれないと考えているのだ。

真相は別にあると、三左衛門は睨んでいた。

助けてやるのはあくまでも、おまつのためだ。平静な気持ちで子を産ませるために、手っ取り早く不安を解消させてやりたかった。心配を掛けたくないので、隠密裡《おんみつり》に事をすすめねばならぬ。

親父橋《おやじばし》を渡り、芳町《よしちょう》を突っきると、住吉町《すみよしちょう》にたどりつく。

この界隈《かいわい》は元吉原の南端にあたり、明暦《めいれき》の大火（一六五七年）で浅草《あさくさ》に廓が移される以前までは江戸随一の花街《かがい》だった。

住吉町と東の難波町《なにわちょう》に沿って東西に水路が走っており、名を竈河岸という。浜町堀の入江橋《いりえばし》から西に引きこむ入り堀でもあり、元吉原があったころは竈職人が多く住んでいた。

竈河岸の堀留近くに「しるこ」という看板を掲げた見世《みせ》がある。

建物は二階建てで、見世の一部は葦簀《よしず》張りになっていた。

今日も朝から雨が降っている。

隘路《あいろ》を挟んで流れる堀川は、水嵩《みずかさ》を増していた。

「このあたりも危ういな」

三左衛門は出水を心配した。

見世に足を踏みいれると、甘い匂いがただよってきた。

「へい、らっしゃい」

襷掛《たすきが》けをした小太りの老人が、愛想笑いを浮かべている。

善兵衛であった。

実直そうな老人は、見掛けどおり、嘘の吐けない性分らしい。

かつて、おなじ場所には、惚れ代九十文の看板娘が立っていた。

いつ来ても客で溢れていたが、往時の面影は微塵《みじん》もない。

「汁粉をひとつ」

「へい」

雨を眺めながら待っていると、善兵衛は丸盆に椀と湯呑みを載せて運んできた。

「おまちどおさまで」

「お、すまぬ」

椀を手に取り、ひとくち啜った。

ほどよい甘さの汁が舌に溶ける。

懐かしい味だ。

善兵衛が、茶を注ぎたしてくれた。

客はひとりもおらず、寄ってくる気配もない。

三左衛門は、椀をことりと置いた。

「親爺さん、ひさしぶりに美味かったぞ」

「そりゃどうも」

「わしのことは憶えておらぬだろうな」

「へ」

善兵衛は背をまるめて顎《あご》を突きだし、三左衛門の顔をしげしげと眺めた。

「ちかごろ、とんと目が弱くなっちまったもんで……あ、もしや、お仲人さまんとこの」

「さよう、居候《いそうろう》だ」

「こりゃ、とんだ失礼を。おつれあいさまとはつゆ知らず。汁粉のお代わりでもいかがです」

「いや、けっこう。ところで、おとら婆さんは」

「嬶ァ左衛門は留守ですわ。一日に三人も四人も取りあげやすもので、江戸じゅうを飛んで歩いておりやす」

「そうか」

「もしや、おまつさまのことで来られたので。なるほど、そうでやすか。さぞかし、ご心配でがしょう。あっしにも子がありやしたが、大昔のことなんで忘れちまいました」

「おしゅんという娘があったと聞いたが」

「へへ、親不孝な娘でしてね、あっしが甘やかしすぎたのでやしょう。遊び人の流れ者に騙《だま》され、十七年もめえに家をおん出ていきゃあがった。あれから、いちども顔をみせたこともねえ。生きているんだか、死んでいるんだか、それすらわからねえんですよ」

「孫娘のおきちは、おしゅんの忘れ形見ということか」

「それを言うと、おとらのやつは途端に怒りだしやす。おきちにゃ母親なんざいねえ。金輪際《こんりんざい》、おしゅんの名は口に出してくれるなと泣くんでやすよ。おきちにも、母親は流行病《はやりやまい》で死んだとだけ伝えてありやしてね」

「なるほど」

「おきちは掛けがえのねえ孫娘でさあ。あっしら年寄りのことを双親《ふたおや》以上におもってくれておりやしてね」

善兵衛は眸子《まなこ》を潤ませ、洟水《はなみず》を啜りあげる。

「優しい娘なんですよ」

「そうかい」

「ところで旦那、今日はどういったことで」

「なあに、汁粉が食いたくなっただけさ」

「ありがてえこってす。旦那のようなお客さまがいらっしゃるかぎり、見世はたためねえや」

「見世をたたむ」

「ご覧のとおり、閑古鳥《かんこどり》が鳴いておりやす。嬶ァが稼いでくれやすから、汁粉屋なんぞいつやめてもいいんですよ」

「弱気なことを言うでない。親爺さんの汁粉が消えたら、淋しくてしょうがねえや」

「ありがとさんで」

善兵衛老人は深々と頭《こうべ》を垂れ、そのまま上げようとしない。

「どうした、大丈夫か」

「へ、へい」

「悩み事でもあるのか。わしでよかったら、はなしを聞くが」

「聞いていただけやすか」

「深刻なはなしかね」

「少しばかり」

「ならば、おまつの代わりに聞いてやろう」

「ありがてえ。ほかにおはなしのできるお方もいねえもんで。じつは数日前、樋口屋の若旦那さまが、おひとりでわざわざお見えになりやしてね。妻沼聖天《めぬましょうでん》のお守りの件で、聞きたいことがあると仰ったんです」

「妻沼聖天とは熊谷《くまがや》の」

「へい」

妻沼聖天歓喜院《かんぎいん》は、待乳山聖天《まつちやましょうでん》、生駒聖天《いこましょうてん》と並ぶ日本三大聖天のひとつだ。夫婦の縁をはじめ家内安全、商売繁盛、厄除《やくよけ》開運など、あらゆる良縁を結ぶ効験《こうけん》で知られている。

おきちが妻沼聖天のお守りを携《たずさ》えているのかどうか、孝太郎はどうしたわけか、それだけを確かめにやってきた。

「あっしは嘘の吐けねえ男だ。そんときだけは自分の性分を恨みやした。お守りはおきちのもんだとお応えしたら、若旦那は『わかりました、何ひとつ心配はいりませんよ』と仰り、にっこり笑ってお帰りになられたんです。がくがく膝が震えやしてね、きっと凶事が起こるにちげえねえと、あっしはそうおもいやした。そりゃもう、嬶ァにゃこっぴどく叱られやしたよ。嘘も方便ってことばを知らねえのかってね」

「待ってくれ、よくわからんな」

妻沼聖天のお守りを携えているのが、いったい何だというのだ。

「じつは、おきちの母親の形見なのでごぜえやす。こっからさきは、おきちも知らねえ。あっしと嬶ァの胸のなかへ仕舞《しま》いこんだはなしで」

「わしごときに、はなしてくれるのか」

「そのつもりでやす。おつれあいさまは口の堅《かて》えお方だ。念押しになりやすが、くれぐれもご内密に」

「承知した」

三左衛門はじっくり頷き、冷めた茶を呑む。

善兵衛によれば、おしゅんの惚れた男は箸《はし》にも棒にもかからない遊び人だった。

貢《みつ》がされ、子を孕まされたあげく、捨てられたのだ。それでも、おしゅんは産んだ子を親に預け、男を追って家を出た。

「未練の欠片《かけら》がのこっていたのでやしょう。おしゅんのやつは、赤子の手に妻沼聖天さんのお守りを握らせていきやがった。何でも、惚れた男と詣でたことがあった唯一のお寺さんだったとか」

おとらにも、娘にたいして未練の欠片がのこっていた。

いつか帰ってきてくれるのでは、という一縷《いちる》の期待もあった。

それで、お守りを捨てられなかったのだろうと、善兵衛は言う。

「あっしらは孫娘を天の恵みとおもうようにし、吉運があるようにとの願いを込めて、きちと名付けやした」

家を飛びだしてから、おしゅんがどこでどのような暮らしをしていたかはわからない。ただ、数年後、板橋《いたばし》のほうで宿場女郎をしているとの噂を耳にしたことはあった。善兵衛はおとらに内緒で宿場まで足をはこんだが、ついに、おしゅんをみつけだすことはできなかった。

「おきちにゃ何ひとつ告げておりやせん。あの娘は小せえ時分から、ぼろぼろになったお守りを肌身離さず携えておりやした。樋口屋さんに嫁いでからも、きっとそうにちげえねえんだ。目にしたこともねえ母親を慕っているのでごぜえやすよ。お守りはけっして他人《ひと》さまの目に触れさせるなと告げてありやした。おしゅんのことだけは、樋口屋さんに隠しておきたかったのでごぜえやす」

ところが、何も知らぬはずの孝太郎が、お守りの存在を確かめにやってきた。

善兵衛は何かのはずみでおしゅんの素姓《すじよう》がばれ、そのせいで、おきちが離縁されるのではないかと案じているのだ。

「嬶ァも顔にゃ出さねえが、死ぬほど心配しているはずでさあ」

だが、おまつに心配を掛けまいと黙っているのだ。

三左衛門は冷静にあたまをめぐらせた。

善兵衛の言うとおり、孝太郎はおしゅんの素姓を誰かから聞かされたにちがいない。

それが根も葉もないはなしなら、抛っておけばよい。

だが、相手は証拠として妻沼聖天のお守りをもちだした。

お守りの件は、おきちと汁粉屋夫婦しか知らないことだ。

孝太郎はおきちに内緒で、はなしの真偽を確かめにやってきた。

どうして、確かめる必要があったのか。

今ひとつ、判然としない。

ふと、黒板塀のしもた屋に潜んでいた半端者の顔が浮かんだ。

何者なのだと、あれこれ憶測《おくそく》していてもはじまらない。

「親爺さん、馳走になった」

「お行きなさるので」

「ああ、また寄らせてもらう」

三左衛門は汁粉代を床几《しょうぎ》に置き、重い尻をもちあげた。

六

強請《ゆすり》か。

三左衛門は合点した。

孝太郎は何者かに強請られているのかもしれない。

しかも、おきちのことで、おきちさえ知らぬ母の素姓をもちだされた。

かりに、お内儀の実母が宿場女郎だったとすれば、世間に聞こえがわるい。樋口屋の金看板に傷がつくぞと脅され、大金を要求されているのだとしたら、孝太郎の不可解な行動は説明できそうな気もする。

三左衛門は急ぎ足で雨中をすすみ、日本橋本町三丁目の樋口屋までたどりついた。ここはひとつ、若旦那の孝太郎に会って事情を糺そうとおもったのだが、少し性急な気もする。

店先で二の足を踏んでいると、脇道から御高祖頭巾の女があらわれた。

人目を忍ぶように左右をみまわし、傘で顔を隠しながら歩みだす。

「あれは」

おきちであった。

風呂敷包みを腕に抱え、丁稚《でっち》も連れずに横丁に逸《そ》れる。

三左衛門は背中を追った。

おきちは小伝馬町から馬喰町《ばくろちょう》に抜け、九尺店《くしゃくだな》のあつまる露地裏へはいってゆく。

さらに、抜け裏をいくつも抜け、柳並木に囲まれた馬場へむかった。

「初音《はつね》の馬場か」

昼間でも薄暗い物寂しいところだ。

馬場を越えれば郡代《ぐんだい》屋敷、そのまた向こうは浅草御門、賑やかな両国広小路もすぐそばにある。

おきちは半町ほど先を進み、柳の木陰を過ぎたあたりでふっと消えた。

「きゃっ」

悲鳴が響いた。

すわっ。

三左衛門は脱兎《だっと》のごとく走りだす。

「待て」

呼びかけると、頬被《ほっかむ》りの男が振りむいた。

侍ではない。半端者だ。ぐったりしたおきちを背後から抱え、引きずってゆこうとしている。

「だ、誰でえ、てめえは」

三左衛門は応えもせず、間合いを詰めた。

大刀の柄《つか》には手を掛けず、小太刀を抜く。

──ひゅん。

艶《なま》やかな濤瀾刃《とうらんば》が煌《きら》めいた。

「うひぇっ」

男は首を引っこめた。

白刃は顎下を掠《かす》め、薄皮一枚斬ってみせる。

「ひぇえええ」

男は腹這いで逃げだした。

刹那、別の気配が立った。

柳の木陰から、奇特頭巾《きどくずきん》の浪人がのっそりあらわれた。

「だ、旦那。殺《や》っちまってくれ」

腹這いの半端者が、声をひっくり返す。

奇特頭巾の浪人は頷きもしない。大柄な男だ。

物腰から推すと、かなりできそうな気もする。

三左衛門は腰を落とし、右手一本で小太刀を青眼《せいがん》に構えた。

「長いほうは使わぬのか」

頭巾のしたから、くぐもった声が漏れた。

竹光《たけみつ》なのだと告げても構わぬが、三左衛門は黙ったままだ。

故郷の富岡にいたころは、七日市藩屈指の剣客として上州一円にまで名を轟《とどろ》かせた。ただし、使用するのは一尺四寸に満たぬ得物。繰りかえすようだが、三左衛門は富田流小太刀の名人であった。

右手に構えた小太刀は茎《なかご》に葵紋《あおいもん》の鑽《き》られた越前康継《えちぜんやすつぐ》の業物《わざもの》、並みの切れ味ではない。

腕におぼえのある者なら、三左衛門の技倆《ぎりょう》はすぐにわかる。

「長いほうはお飾りか、さては竹光だな」

「どうかな」

「ぬしゃ何者だ」

「通りがかりの者さ」

「首を突っこむな、失せろ」

「いやだと言ったら」

「斬る。つお……っ」

奇特頭巾は踏みこみも鋭く、八相《はっそう》から袈裟《けさ》懸《が》けに斬りかかってきた。

——きいん。

三左衛門は易々《やすやす》と弾き、すっと身を引く。

「いえ……っ」

二の太刀は突きだ。

三尺に近い無反《むぞ》りの本身が、雨粒を弾いた。

これを鼻先で躱《かわ》し、独楽《こま》のように回転する。
泥水が跳ねた。
身を沈め、相手の脾腹《ひばら》を水平に斬りつける。
「うっ」
浅くはいった。
戦意を殺《そ》ぐには充分だ。
奇特頭巾は飛びのき、腹を押さえて蹲《うずくま》る。
「く、くそっ」
傷ついた悪党どもは、尻尾《しっぽ》を巻いて逃げだした。
三左衛門は血振りを済ませ、小太刀を黒鞘《くろざや》におさめた。
おきちは地べたに倒れ、雨に打たれるがままになっている。
御高祖頭巾は脱げていた。
海老《えび》のようにからだをまるめ、両腕でしっかり風呂敷包みを抱えている。
おきちを座らせ、活《かつ》を入れた。
「うっ」
覚醒した眼差しが宙を泳ぎ、三左衛門の顔で止まった。

「はっ」

「案ずるな、わしだ」

「浅間さま……も、もしや、わたしを助けたのですか」

「ま、そうなるな」

「何ということを」

「ん」

「旦那さまが殺されます。殺されちまうんです」

蒼褪《あおざ》めた顔で、おきちは叫ぶ。

腕から風呂敷包みが転げおち、蓋《ふた》の開いた桐箱《きりばこ》のなかから小判がじゃらじゃら飛びだしてきた。

「ああ」

おきちは地べたに膝をつき、黄金色《こがねいろ》の小判を掻《か》きあつめる。

泥だらけの手で小判を桐箱に詰め、しっかりと蓋を閉めた。

「おきち、何があったのだ」

おきちの顔は、般若《はんにゃ》のようにひきつっている。

「浅間さまは、どうしてここに」

「おぬしを見掛けてな、不審におもったので後を跟けたら、案の定、悪党どもに出くわしたというわけだ。それにしても、物騒なはなしではないか。旦那さまが殺されるとかどうとか」

「昨晩から行方知れずなのです。知らせがないので案じておりますと、文《ふみ》が届きました」

「文」

「はい。旦那さまの身柄は預かった。返してほしくば二百両用意し、ひとりで初音の馬場の御堂まで来い。そう、書かれてありました」

文を届けにきたのは、近所の洟垂れ小僧だった。

文には、誰かに漏らせば孝太郎の命はないとも書かれてあったらしい。

おきちは蔵の鍵を開け、勝手に大金をもちだした。

家人にみつかれば、どのような言い訳も通用すまい。

だが、今は自分のことよりも、孝太郎の安否だけが心配だった。

「事情はわかった。わしにちと心当たりがある」

おきちを安心させようと、三左衛門は微笑みかけた。

そのとき、遠くで人の声がした。

「出水だ、出水だ。薬研堀の土手が崩れたぞ」

大勢が口々に叫んでいる。

三左衛門の顔が曇った。

「おきち、ついてこい」

「はい」

ふたりは手を繋ぎ、雨も厭《いと》わずに駆けだした。

七

両国広小路を斜めに突っきり、ふたりは薬研堀までやってきた。

予想どおり、黒板塀のしもた屋へ通じる袋小路は水に浸かっている。

どんつきの土手にむかって地面は傾斜しており、水位はさきへゆくほど深くなった。

「浅間さま」

おきちは胸騒ぎを感じたのか、三左衛門の袖《そで》をぎゅっと握りしめた。

「もしや、旦那さまはここに」

「ふむ、おるかもしれん」

「ど、どうしてです」

「はなしはあとだ」

ともかく、捜しだして救うことが先決だった。

袋小路の出口は、逃げる人々でごった返していた。

出水があったのは別の箇所らしい。死人も出ているとのことだ。

「あすこの土手が決壊したら、この袋小路も一巻の終わりだぜ」

鳶《とび》の連中は口々に言いかわし、土留めをあきらめていた。

袋小路の奥まですすむには、腰まで水に浸からねばならない。そのあいだに土手が決壊する恐れもあるので、敢えて向かおうとする者もいなかった。

三左衛門は着物を脱ぎ、褌一丁で水のなかにはいった。

大刀はおきちに預け、小太刀だけを鞘ごと携えてゆく。

「浅間さま」

「おるかどうか確かめてくる。むこうの高台で待っててくれ」

「お、お願いいたします」

おきちは震えながら、必死に声をしぼりだす。

脇から鳶が顔を出し、三左衛門に声を掛けた。

「旦那、誰か残っているのかい」

「わからん。そいつを確かめにゆく」

「わるいことは言わねえ。やめといたほうがいい」

「あとには退けぬ」

ぽんと、褌を叩いてみせる。

「見事な心意気だ。じゃ、お気をつけて」

「ああ」

水は茶褐色《ちゃかっしょく》に濁り、汚水が混じっているので臭い。

三左衛門は胸まで水に浸かり、漕《こ》ぐように進んだ。

空は黒雲に覆《おお》われ、雨粒は容赦《ようしゃ》なく叩きつけてくる。

水は冷たく、半町ほど進むと、下半身が痺《しび》れてきた。

黒板塀も半分ほど水に浸かっている。

しもた屋の表口はすぐそこだ。

土手の頂部が水圧で崩れかけ、土塊《つちくれ》がぽろぽろ落ちてくる。

轟々《ごうごう》と、水音が聞こえてきた。

さすがの三左衛門も凍りつく。

魔物が吼《ほ》えているかのようだ。
ようやく、表口までたどりついた。
泥水は渦巻き、家のなかに流れこんでいる。
「うわっ」
足を滑らせ、もんどりうった。
こうなれば、泳いだほうがはやい。
三左衛門は本身を抜き、鞘に繋いだ下緒《したお》を塀の角に引っかけた。
蒼白い刃の峰を口に銜《くわ》え、抜き手で泳ぎはじめる。
入口の戸は倒れ、水は家屋の内を満たしていた。
床上半間近くまで浸り、畳はすべて浮いている。
畳や家財道具を掻きわけながら、三左衛門は叫んだ。
「樋口屋さん、孝太郎どの、おらぬか、おるなら返事をしてくれ」
微《かす》かに、気配を感じた。
押入のなかだ。
襖《ふすま》がわずかに開いており、水が流れこんでいる。
上下を分かつ仕切りの真下に、わずかな隙間がみえた。

泡がぼこぼこ浮かんでは消えている。

「そこか」

大きく息を吸いこみ、水のなかに潜った。

濁った視界のさきに、縛られた人間が蠢《うごめ》いている。

孝太郎にまちがいない。

三左衛門は浮きあがり、襖に手を掛けた。

「くそっ」

びくともしない。

「ぬりゃ……っ」

小太刀を一閃《いっせん》させる。

襖が上下に断たれ、孝太郎が転がりでてきた。

蒼白い月代が、水面にぽっかり浮かびあがる。

三左衛門は髷《まげ》をつかみ、強引にもちあげた。

「ぬぐ、ぐぐ」

「おい、大丈夫か」

孝太郎は手足を縛られ、猿轡《さるぐつわ》まで塡《は》められていた。

平手で頬を張り、何とか覚醒させる。

水は呑んでいるものの、さほどの量ではなさそうだ。

三左衛門は猿轡をはずし、小太刀で縄を切ってやった。

「ぐえほっ、げほげほ」

孝太郎は激しく咳《せ》きこみ、泥水を吐きだす。

落ちついたところで、充血した眸子を瞠《みは》った。

「も、もしや、あなたさまは」

「十分一屋《じゅうぶいちや》のひもだよ」

「ど、どうしてここが」

「はなしはあとだ、ここを出よう」

「はい」

体力は消耗しているものの、意識のほうはしっかりしている。

三左衛門は孝太郎に肩を貸し、胸まで水に浸かりながら表口にむかった。

突如《とつじょ》、どどどと、地鳴りのような音が聞こえてきた。

「まずいぞ」

土手は決壊寸前だ。

急がねばならぬ。

塀の角に引っかけた鞘を拾い、本身をおさめた。

露地に繰りだすや、土手の頂部が崩れ、濁流がどっと襲いかかってきた。

「うわっ、鉄砲水《てっぽうみず》だ」

高台に逃れていた連中が、遠くのほうで騒ぎだす。

逃れようもなく、三左衛門と孝太郎は押し流された。

だが、幸いにも、長屋の大屋根に乗りあげたのである。

さらに、屋根ごと二町ばかり流され、武家地の裏庭に放りだされた。

水は猛然と築地塀《ついじべい》を突きくずし、凄まじい勢いで退いてゆく。

ふたりは喬木《きょうぼく》の枝につかまり、どうにか難を逃れた。

水は魔物だ。抗《あらが》いがたい底力を備えている。

「紙一重だったな」

「浅間さま、何と御礼を申しあげたらよいか」

「礼なぞいらぬ。おまえさん、強請られていたのか」

「は、はい」

「なぜ、奉行所に訴えぬ」

「訴えれば、おきちの出生《しゅっしょう》が世間に知れます」

「やはり、強請のネタはそれか」

「はい。世間に知れたら、おきち本人にも知れてしまう。わたしにはそれが恐かった。あれの性分から推すと、樋口屋を出てゆくと言いだしかねない。そうおもったのです。それで、悪党どもの要求に二度、三度と応じてしまった。際限がないと知りつつも、小金を払いつづけました」

「おきちに惚れておるのだな」

「はい」

「見なおしたぜ」

「ありがとう存じます」

「ところで、三味線の師匠ってのは、どんな女だ」

「名はおみく、以前は宿場女郎だったそうです。三年前、板橋宿のとある旅籠《はたご》で、おきちの母親を看取ったのだと申しました」

「妻沼聖天のお守りのことも、そのとき、耳にしたのか」

「はい」

「なるほど、母親のおしゅんは、今わの際《きわ》で漏らしちゃいけねえことを漏らしたってわけだな」

「おそらく、そうだったのでしょう」

「おしゅんは、捨てた娘が大店に嫁いだのを知っていた。そいつがたぶん、人生で唯一の自慢だったにちがいない」

女郎仲間にむかって、死出《しで》の土産《みやげ》に娘のことを自慢したかったのだ。

「哀しいはなしです」

「まったくだな」

一方、おみくという女は、おしゅんの素姓を強請のネタにしようと考えた。

「悪党どもの巣に心当たりはないか」

「おみくの情夫《いろ》が、富沢町《とみざわちょう》で叶屋《かのうや》という古着屋をやっております」

「そいつの名は」

「赤腹の守蔵《もりぞう》。たぶん、黒幕でしょう」

「腕の立つ浪人を飼ってはおらぬか」

「来生《きすぎ》とかいう浪人者がおります。素姓はわかりませぬが、金を貰えば平気で人を殺《あや》める輩《やから》です」

「よく調べたな」

「強請られているだけでは、口惜しいですから」

「よし、あとは、わしにまかせておけ」

「で、でも」

「いいんだよ。さ、行ってやんな。恋女房のところへ」

「え」

「あすこだ」

三左衛門は、顎をしゃくった。

崩れた築地塀の向こうに、刀と小判の入った桐箱を抱えたおきちが佇《たたず》んでいる。

「おきち」

「旦那さま」

おきちは三左衛門の刀と着物と桐箱まで抛り、泣きながら駆けだした。

「おきち、おまえ、来ていたのか」

「はい」

孝太郎の目も真っ赤だ。

ふたりはしっかりと抱きあい、しばらく泣きつづけた。

三左衛門は拾いあげた泥だらけの着物を羽織り、きゅっと帯を締めた。

大刀の中味は竹光だが、鞘と柄の泥を拭って帯に差す。

振りむけば、孝太郎とおきちは、まだ抱きあっている。

まあ、よい。

悪党どもの始末に取りかかろう。

八

富沢町は浜町堀に架かる栄橋《さかえばし》を渡ったさき、薬研堀から歩いてもさほどの道程ではない。

三左衛門は水に浸かった界隈を逃れ、まっすぐ富沢町にむかった。

浜町堀のあたりは、まだ無事のようだ。

照降町の様子も気になったが、薬研堀以外に鉄砲水が出たという噂は今のところない。

ともかく、手っ取り早く事を済ませよう。

富沢町に古着屋は数知れずあった。が、叶屋と赤腹の守蔵の名を出すと、所在はすぐにわかった。古着仲間のなかでは新参者、陰気な性質で付き合いがわるく、あまり親しい者もいない。それだけに周囲は警戒し、守蔵のことを知らぬ者はいなかった。

古着屋は細長い二階建てで、間口は狭く、敷居をまたぐと、天井から古着が何枚もぶらさがっていた。古着は床にも積まれ、足の踏み場を探すのに苦労するほどだ。

薄暗い店内に客はいない。むしろ、客を拒む雰囲気がただよっている。

三左衛門は鰻《うなぎ》の寝床のような店内を、跫音《あしおと》も立てずに進んでいった。

奥の帳場らしき板間に、人相の悪い男がひとり座っている。

しもた屋の表口から、顔を出した男にまちがいない。

顎の下に、血止めの膏薬を当てている。

三左衛門は踏みとどまり、吊るされた古着の陰に身を隠した。

先方は気づいている。

亀のように首を伸ばし、棘《とげ》のある声を投げかけてくる。

「あの、どちらさんで」

「守蔵か」

「さいですが」

「ちと、はなしがあってな」

古着の陰から、ぬっと顔を出した。

「うえっ。な、なんで、おめえが」

「わかるまい。十手持ちでもないわしが、なぜ、この一件に関わろうとしておるのか」

「おれにいってえ、何の用でえ」

「しらを切る気か。それなら、顎をもう一寸ばかり斬ってやる」

だっと駆けより、小太刀を抜きはなつ。

——ひゅん。

白刃の先端が、守蔵の鼻先でぴたっと止まった。

「のへっ」

小悪党は声も出せず、股間を濡らしはじめた。

「か、勘弁してくれ」

「ならば聞こう。女はどこだ」

「だ、誰のことだ」

「三味線指南のおみくだよ」

「に、二階の蒲団部屋に」

「おるのだな。嘘を吐くなよ」

「う、嘘じゃねえ」

「来生とかいう浪人は」

「お、同じ部屋にいる」

「ほう、情婦を寝取られたか」

「あんな女、情婦じゃねえ」

「そうか、興味があるのは金だけか」

「たのむ。助けてくれ」

「よし」

三左衛門が切先をさげると、守蔵はほっと息を吐いた。

刹那、白刃がくるっと峰に返り、月代に落とされた。

「ぐっ」

小悪党は拝むような恰好になり、気を失った。

耳を澄ませる。

聞こえてくるのは、軒を叩く雨音だけだ。

三左衛門は愛刀を鞘におさめた。
渋い柄の古着を選び、一枚拝借する。
ついでに、褌も真新しいのに替えた。
そして何をおもったか、勝手口に向かい、椀を手にして油壺《あぶらつぼ》から油を掬う。
表口まで舞いもどり、椀を片手に急階段をのぼりはじめた。
ぎっと板が軋《きし》むたびに、息を詰める。
片廊下に沿って、二階にはふたつの部屋が繋がっていた。
いずれも四畳半、襖で仕切られている。
蒲団部屋は奥のほうだ。
おみくの寝息が、微かに聞こえてくる。
寝ているのか。
それとも、装っているのか。
浅手とはいえ、来生とかいう浪人には金瘡《きず》を負わせた。
おみくの隣で寝ているとすれば、充分に勝機はある。
腰を屈め、桟《さん》に沿って油を曳いた。
おみくの寝息が、ふっと途絶える。

ままよ。

障子戸を、すすっと開いた。

「ふりゃ……っ」

気合一声、管槍《くだやり》の穂先がぐんと鼻面に伸びてきた。

咄嗟《とっさ》に顔を捻って躱し、小太刀を鞘走らせる。

「きゃっ」

薹《とう》の立った女が、悲鳴をあげた。

来生はおみくの背中を蹴り、楯《たて》にしようとする。

覆いかぶさってくるおみくに、三左衛門は当て身を食わせた。

「ふりゃ……っ」

鋭利な穂先がおみくの鬢《びん》を削り、三左衛門の眉間に迫った。

「はっ」

咄嗟に、小太刀で払う。

ぱっと、火花が散った。

管槍は小太刀に弾かれ、主の手を離れた。

そのまま天井に突きささり、柄をぷるぷる震わせた。

「きさま」

来生は片膝立ちで白刃を抜く。

「や」

三左衛門は身を沈め、小太刀を投げつけた。

刃は糸を曳き、浪人の籠手《こて》を刺しつらぬく。

「くっ」

間髪容《かんぱつい》れず、三左衛門は宙に飛んだ。

大上段から腕を振りおろし、たじろぐ相手の脳天に椀の底を叩きつけた。

「ぐひぇっ」

来生は白目を剝《む》き、棒のように倒れていった。

三左衛門は欠け椀を捨て、ふっと肩の力を抜いた。

あとは三人をふんじばり、定町廻りの八尾半四郎に引きわたせばよい。

三人に猿轡を咬ませ、柱に縛りつけた。

見世の外にでて、隣の主人に声を掛ける。

「すまぬが、ちと頼みがある」

かいつまんで事情をはなすと、主人は古着屋仲間の肝煎りを呼んでくれ、肝煎りは快く八尾半四郎への遣いを引きうけてくれた。

「これで一件落着」

ほっと、溜息を吐く。

そこへ、誰かの叫び声が聞こえてきた。

「出水だ、出水だぞ」

こんどは竈河岸の土手が崩れたらしい。

魚河岸も危ういとの声も聞こえてくる。

肝煎りに後のことを頼み、富沢町を急いではなれた。

正午を過ぎたころというのに、あたりは夕暮れのように薄暗い。

三左衛門は脇目も振らず、照降町の裏長屋をめざした。

駆ける。駆けに駆ける。

「おまつ、おまつ」

情けない顔で叫びながら、雨の元吉原を突っきり、芝居町《しばいまち》を走りぬけた。

九

雨は激しく降りつづいている。

親父橋の橋桁《はしげた》は根元まで水に浸かっていた。

ちゃぷんと水飛沫があがるたびに、通行人は踝《くるぶし》まで濡れてしまう。

橋向こうに渡れば、もう二度と戻ってこられないような気がした。

「鬼の棲《す》む、京の一条戻り橋《いちじようもどりばし》」

こんなときに、縁起でもない戯《ざ》れ句《く》が浮かんでくる。

すでに、日本橋川は危うい水位を越えていた。

それでもまだ当面は、橋が流されたり、土手が決壊したりする心配はなさそうだ。

照降町の裏長屋に戻ってみると、気の早い連中だけが逃げ支度に取りかかっていた。

「おまつ、おまつ」

三左衛門はどぶ板を踏みつけ、部屋に駆けこんだ。

上がり端のところで、おすずが泣きべそを掻いている。

おとら婆さんがおすずの肩を抱き、放心した顔で座っていた。

「婆さん、どうした。おまつは」

「行き違いさ」

う。
「なに」
おとらは産まれる予感がしたので、竈河岸からわざわざやってきたのだとい
　ところが、長屋に着いてみると、おまつはいなかった。おすずによれば、おま
つ自身も産まれそうな感じがしたので、竈河岸の汁粉屋へ行ってくると言いのこ
し、家を出ていったらしかった。擦れちがってしまったのだ。
「おすず、いつごろのはなしだ」
「半刻（一時間）前だよ」
「くそっ、なぜ、家でじっとしておられなかったのだ」
　隣人に頼んで、おとらを呼びにやらせることもできたはずなのに、おまつはそ
うしなかった。
　気軽に頼める相手が留守だったり、忙しそうにしていたこともあったし、雨の
なか、おすずをひとりで遣いに出すのも心配だった。詰まるところ、自力で動け
るものと判断したのだ。
「旦那さん、後生だ、堪忍しておくれ」
「婆さんが謝ることはない。それより、聞いておらぬのか、竈河岸に出水があっ

たらしいぞ」

「げっ、ほんとうかえ」

「わしは、おまつを捜しにゆく。婆さんはおすずを連れて、そうだな、樋口屋へ向かってくれ」

「樋口屋へ」

「ふむ、あそこなら水に浸かることもあるまい」

「承知だよ」

「ご亭主の安否も心配だろう。ともかく、わしは急いで汁粉屋まで行ってみる」

「亭主のことより、おまつさんがいちばんさ。何とか、みつけてやっておくれ」

「ふむ」

「おっかさん、おっかさん、死なないでおくれよう」

泣きじゃくるおすずの頭を、三左衛門は撫でてやった。

「おっかさんは無事だ。もうすぐ、元気な赤ん坊に逢える。泣いておったら赤ん坊に笑われるぞ」

「うん」

「じゃあな、おとら婆さんを頼む」

「はい」

三左衛門が外へ飛びだすと、おすずが追いかけてきた。

「おとっつぁん、お願いします。おっかさんを、お願いします」

小さな手を合わせて祈る娘の顔を、三左衛門は穴のあくほどみつめた。

おすずとは血が繋がっていない。最初に会ったときからずっと「おっちゃん」と呼ばれつづけてきた。七年以上も経って、はじめて「おとっつぁん」と呼ばれたのだ。こそばゆいような嬉しさと、おまつのいない虚《むな》しさと、両方の気持ちがないまぜになり、感極まってしまう。

「行ってくる」

三左衛門はしっかり頷き、踵を返した。

木戸をぶち破る勢いで駆けぬけ、表通りに躍りだす。

親父橋を一気に渡り、息継ぎもせずに芳町を突っきる。

住吉町の端まで行きつき、三左衛門は呆然《ぼうぜん》と立ちつくした。

「どうしたことだ、これは」

竈河岸は水没していた。

入り堀と往来の区別もつかず、平屋はみな水没し、二階建ての家も大屋根の近くまで水が達している。

区割りは判然としない。

大屋根のうえでは、逃げおくれた大勢のひとびとが助けを求めて叫んでいる。

「おうい、助けてくれ」

「こっちへ来い、病人がさきだ」

小舟や艀が縫うように行き交い、救いの手を差しのべている。

だが、逃げおくれた連中の数は多く、おもいどおりにはかどっていない。

三左衛門は小舟を調達しようとおもった。

が、すぐに、あきらめねばならなかった。

仕方なく、浅瀬に膝小僧まで浸かり、堀留の近くを探してあるいた。

勘だけが頼りだ。

誰に聞いても、汁粉屋があった場所はわからない。

水に浸かった武家屋敷の築地塀に這いあがり、欅《けやき》の枝に取りついた。

木に登り、高みから大屋根をひとつひとつ探してみる。

何となく、地形が把握《はあく》できてきた。

木から降り、川に腰まで浸かった。

　ふと、茶色く濁った川面に目をやると、銀の鱗を纏った鮒がびんと宙に跳ねた。

「あっ」

　鮒の跳ねたあたりに、古い看板がただよっている。

　手繰《たぐ》りよせてみると、太い字で「しるこ」と書かれていた。

「おまえさん、おまえさん」

　垂れこめた黒雲の彼方《かなた》から、かぼそい声が聞こえてくる。

「おまつ」

　三左衛門の顔に、ぱっと赤味が射した。

　振りあおげば、雨の狭間《はざま》に手を振る妊婦がみえた。

　大屋根のうえで、大きな腹を抱えているのだ。

　寒いのだろう、蒲団を何枚もかぶっている。

「おうい、おうい」

　三左衛門は「しるこ」の看板を振った。

　おまつの背後には、善兵衛が立っている。

　両手で番傘をさしかけ、自身も寒そうに震えていた。

出水は突如として町を襲ったのだ。亡くなった者も多いと聞く。

おまつと善兵衛が大屋根に逃れただけでも、幸運と言わねばなるまい。

大屋根までは半町足らず、行く手には泥の川が横たわっている。

流れは淀《よど》んでおり、泳いで渡るのはさほど難しいことではない。

だが、大屋根にたどりつくことはできても、それだけでは意味がなかった。

大急ぎで産める場所をさがさねばならない。やはり、妊婦をはこぶ舟がなければ、どうしようもないのだ。

おまつを冷たい水に浸けることだけは、どうあっても避けねばならない。

「がんばれ、がんばれ」

遠くから元気づけることしかできず、時だけがいたずらに過ぎてゆく。

「誰か、舟を貸してくれ、誰か」

通りすぎる小舟をつかまえては声を掛けてみたものの、誰も彼も自分たちのことだけで手一杯だ。

おまつが苦悶《くもん》の表情を浮かべるたびに、焦りは募った。

破水《はすい》してしまったのか。

陣痛がはじまったのか。

初産《ういざん》ではないので、即座に産みおとすかもしれない。

冷たい屋根のうえで産めば、母子ともに危うい。

それくらいのことは、三左衛門にもわかる。

懐中の麻袋から、子安貝《こやすがい》と干した竜《たつ》の落とし子を取りだした。どちらも、妊婦の左手に握らせれば安産できるという縁起物だ。おまつに握らせるために、いつも持ちあるいていた。自分が握っても意味はないのに、三左衛門は子安貝を握りしめた。

善兵衛では役に立つまい。おまつが濡れぬように、番傘をさしかけることくらいしかできそうにない。

「くそっ、どうにかせねば、どうにか」

三左衛門は途方に暮れた。

役立たずの自分を呪《のろ》いつつ、こうなれば刀で脅してでも小舟を奪おうときめた。

十

と、そこへ。

微かに、自分の名を呼ぶ声が聞こえてきた。

「浅間さま、おうい、こっちこっち」

三左衛門ばかりか、水没した町にいるすべての者が口をあんぐりと開けた。

なんと、泥水のうえに屋形船が悠然とあらわれたのだ。

船頭は六人もいる。通常ならば、狭い入り堀に進入できそうにないほどの大きな船だった。

船首で手を振っているのは、樋口屋の孝太郎だ。

「おうい、浅間さま」

おきちとおとら婆も顔をみせ、おすずまでが便乗している。

大屋根のうえでは、おまつと善兵衛が懸命に手を振っていた。

三左衛門は着物を脱ぎ、小太刀だけを背に負って川に飛びこんだ。

抜き手で泳ぎきり、船端《ふなばた》に手を掛けると、船頭たちが引きあげてくれた。

船は船首からゆっくり近づき、大屋根の手前に横付けされていった。

「纜《ともづな》を寄こせ、纜を」

善兵衛が、へっぴり腰で叫んだ。

纜が上手《うま》い具合に繋がると、船縁《ふなべり》と大屋根との隙間に戸板が渡された。

「おまえさん……お、おまえさん」

おまつが掠れ声をあげている。

大屋根にへばりつき、動けずにいるのだ。

「産まれそうなんだよ。もう、すぐそこまで出てきてる」

「しっかりおし、息を大きく吸って立ちあがるんだよ」

おとらが顎を突きだし、てきぱき差配しはじめた。

「ほら、豆侍の旦那、ぐずぐずしてるんじゃないよ。女房を後ろから抱えておやり」

「ほいきた」

三左衛門は大屋根に飛びうつり、おまつの背後にまわった。

足のほうは孝太郎が抱え、船頭たちが船側で受けとめる。

手早く段取りをきめ、みなは配置についた。

おまつが額に膏汗《あぶらあせ》を滲ませる。

「だめだ、我慢できない。早く、早く」

「よし、樋口屋の旦那、もちあげろ」

「はい」

重いからだが、ふわりと浮いた。

慎重に一歩一歩、大屋根をおりてゆく。

滑ったら一巻の終わり、運を天に委《ゆだ》ねるしかない。

難関の戸板を渡り、おまつのからだは無事に船側へ移された。

おとらやおすずに見守られながら、おまつは船内に運ばれてゆく。

三左衛門の肩から、ふっと力が抜けた。

「浅間さま、お着物を」

おきちが、乾いた羽織を寄こしてくれた。

かたわらでは、孝太郎が笑みを浮かべている。

「間一髪でしたね」

「すまぬ、恩に着る。とんだ散財をさせてしまったな」

「何を仰います。浅間さまは命の恩人、これしきのことはあたりまえです」

「かたじけない」

情けは人の為ならず、まさに、相身互《あいみたが》いとはこのことだ。

「それにしても、屋形船とは恐れいった」

「大川の川開きも近いので、借りられそうな船がいくつかあったのですよ。おとら婆さんに事情を聞き、おきちが機転をはたらかせたんです。まんがいちってこともある。おまつさんに安心して産んでもらうには、この程度の船でなければ用をなさない。そう、おきちは申しました」

「そうか、おきちがな」

「さ、浅間さま、行っておあげなされ」

「ふむ」

船内は広い。畳の部屋が三つも繋がっていた。

天井も高く、わずかに屈めばよい程度だ。

勝手場《かってば》もあり、竈もしつらえてある。

そこで、湯が沸《わ》かされていた。

産湯《うぶゆ》を入れる大盥《おおだらい》と、胞衣《えな》を入れる小盥も用意されている。

「これなら、いつ産まれてもよいな」

三左衛門は、ほっと安堵《あんど》の溜息を漏らした。

奥の部屋は三畳間で、入口のところが衝立《ついたて》で仕切られている。

おすずが衝立にへばりついていた。

「ひい、ふう、ひい、ふう」

おまつの苦しげな声が聞こえてくる。

衝立の内を覗くと、おとらが渋い顔をつくった。

「覗いちゃだめだよ」

産所は穢《けが》れの場とも考えられている。

衝立は結界《けっかい》の意味をもち、男が踏みこんではならない。

一抹《いちまつ》の淋しさをおぼえつつも、首を引っこめるしかなかった。

おとらの嗄《しわが》れ声が聞こえてくる。

「旦那さん、駄洒落《だじゃれ》じゃねえが、大船に乗った気でおりなされ」

こうなれば、御神託を信じるよりほかにない。

おきちが襷掛けになり、手伝いにやってきた。

「ご安心なされませ、あとは気兼ねなく産んでもらえばよいだけですから」

「頼んだぞ、おきち」

「はい」

三左衛門は、おきちの手を潰すほどの力で握った。

「あ、ああ……く、苦しい」

おまつは何重にも積まれた蒲団に寄りかかり、力綱を握っている。

産の苦は青竹をもひしぐほどの苦しみという。

おまつの苦しみは、一刻余りもつづいた。

汗だくのおきちが、つつっとやってくる。

「産湯の用意を」

「え」

「お爺《じじ》さまに聞いてください」

「よし、わかった」

三左衛門は勝手場に取ってかえし、大声で「産湯、産湯」と叫んだ。

善兵衛は心得たもので、湯加減を調整しながら大盥を一杯にした。

これを、孝太郎とふたりで衝立の向こうに運びこむ。

おきちはおまつの背後に廻りこみ、両脇を抱えていた。

おとらが前方に蹲《うずくま》り、途切れなく気合いを入れている。

「いきみなされ、ほら、いきむんだよ」

臍《へそ》の緒を切る竹の小刀や、切り口を結ぶ苧《お》の紐《ひも》が目に留まる。

「お、そうだ、忘れておった」

三左衛門はおきちを呼び、子安貝と竜の落とし子を手渡した。

衝立の外へ出た途端、おとらが一段と大きな声で叫んだ。

「あとひと息、大きく息を吸って……よし、今だ、いきむんだよ」

三左衛門は衝立を挟んで、おまつといっしょにいきんでいる。

拳《こぶし》をぎゅっと握っているだけだが、一心同体になった気分だ。

孝太郎は目を伏せ、じっと畳をみつめている。

おすずは衝立にしがみつき、泣きそうな顔で歯を食いしばっていた。

「おすず、案ずることはない。もうすぐだ、もうすぐ、産まれてくる」

三左衛門は娘のあたまを撫で、強がりを吐いた。

つぎの瞬間。

「産まれた、産まれたよ」

おとらが叫んだ。

ぴしゃっと、水を叩くような音がする。

と同時に、赤ん坊の元気な泣き声が船内に響きわたった。

汗だくのおきちが、滑るようにやってくる。

衝立から差しだされた顔が、にっこり笑った。

「おめでとうございます、元気な女の子ですよ」

「おまつさまもお元気です。産湯に入れてから、赤ちゃんをおみせしますね」

「わあい、わあい」

おすずは喜びを爆発させ、部屋じゅうを走りまわった。

孝太郎が「やった、やった」と、肩を痛いほど叩いてくる。

三左衛門は泣いていた。

抑えようにも抑えきれない。

滂沱《ぼうだ》と涙が溢れてくるのだ。

「さあ、おすずと旦那だけはいいよ」

おとらが、衝立をずらしてくれた。

「おまつ、ようがんばったな」

「おまえさん」

おまつの腕には、襁褓《むつき》にくるまった赤ん坊が抱かれている。

「おまえさん、暖《あつた》かいんだよ、ほら、こんなに暖かいんだよ」

「そうか、そうか」

おすずは嬉しさを抑えきれず、おまつのもとへ飛んでゆく。

「そ、そうか」

いつの間にか雨は熄み、夜空に月がのぼっていた。

「ほら、きれいなお月さまだこと」

おまつは、産まれたばかりの赤ん坊に語りかけている。

三左衛門のみた月は、おぼろに霞《かす》んでいるようだった。

十一

――ぽん。

大川に花火があがり、今年も川開きがやってきた。

梅雨は明け、江戸の町は茹《う》だるような暑さにつつまれている。

大きな被害をもたらした水も退き、町々には再生の槌音《つちおと》が響いていた。

照降長屋の露地裏にも縁台が並び、夕涼みを楽しむ浴衣《ゆかた》姿の住民も増えた。

おとらは家を失ったにもかかわらず、赤子の湯浴みに通ってきてくれている。

種を明かせば、善兵衛ともども、樋口屋で世話になっていた。

その樋口屋から、豪勢な祝いの品々が届けられた。

長屋の連中も祝いの品をもちより、轟十内などは黒鯛《くろだい》を釣ってきた。

今宵《こよい》はお七夜《しちや》、鯛の尾頭《おかしら》付きと赤飯で赤子の無事を祝う。

親しい連中に立ちあってもらい、名付けもおこなわれる。

神棚には臍の緒を仕舞った桐箱が大切に保管されていた。

おまつはようやく床上げとなり、湯に浸かってきれいになった。

誰に気兼ねすることもなく、祝いの席に顔を出すことができる。

「産後の肥立《ひだ》ちもよさそうで、何よりだねえ」

長屋の嬶ァたちが入れかわり立ちかわり、おまつとはなしたがった。

まるで、合戦場から戻ったつわものを労《いたわ》るような印象すらある。

夕月楼からは金兵衛も駆けつけ、定町廻りの八尾半四郎も巨体を揺すってあらわれた。

半四郎によれば、赤腹の守蔵と情婦のおみく、ならびに、来生なる雇われ浪人は伝馬町の牢送りとなり、いずれ極刑の沙汰《さた》が下されるらしい。詮議《せんぎ》によって、三人が強請の常習であることが判明したのだ。

半四郎のはからいもあり、孝太郎が強請られた経緯は表沙汰にされなかった。

世の中には知らずともよいこともある。

おきちは知らない。みずからの出生の秘密が原因で、孝太郎に災厄《さいやく》が降りかかったことを知らされていない。

何となく元の鞘におさまったことが少しばかり不服の様子だったが、今ある幸せを嚙《か》みしめることのほうがたいせつだとおもいなおしてくれたようだ。

おとらも善兵衛も、ほっと胸を撫でおろしていた。

が、このふたりも、三左衛門の活躍を知らない。

知っているのは、半四郎を除けば、孝太郎ひとりだけだった。

屋形船での騒動が終わって数日後、樋口屋に吉兆がおとずれた。

おきちに、つわりがあったのだ。

おとら婆のみたてでは、待望の子ができたらしかった。

孝太郎は小躍りしながら、興味深い逸話を聞かせてくれた。

長雨のせいで、樋口屋の裏庭も水に浸かった。水が退いたあと、何気なく井戸を覗いてみると、濁った水面に銀鱗を光らせ、卵を孕んだ雌鮒が泳いでいたというのだ。

「ひょっとしたら、その雌鮒が吉運をもたらしたのかもしれません」

三左衛門は、驚きを隠せなかった。

その雌鮒も、竈河岸でみかけた雌鮒も、この手で露地裏の古井戸から本井戸に放してやった雌鮒なのではあるまいか。

「そんなはずはなかろうが、そうおもえて仕方ない」

「吉のお裾分けですね」

孝太郎はにっこり笑い、諸白《もろはく》を注いでくれた。

――ぼん、ぼん。

江戸の夜空には、大輪の花が咲いている。

今日から袖のある産着《うぶぎ》を着せてもらった赤ん坊は、花火の音に驚き、火がついたように泣きだした。

この子は吉によって授けられたのだ。

他人にも吉をもたらすにちがいない。

「娘の名、きちでどうだ」

三左衛門は膝で躙《にじ》りより、おまつの耳もとに囁いた。

「ふふ、おきち、あんたはおきちだってさ」

どうやら、おまつにも異論はなさそうだ。

宴もたけなわ、赤ら顔の連中が長屋じゅうに溢れ、余興を楽しんでいる。

そろそろ、みなを集め、赤ん坊の名を知らせなければならない。

――ぼん、ぼん。

花火はいつ果てるともなく、打ちあげられている。
赤ん坊は乳をふくませると嘘のように泣きやみ、すやすやと眠りはじめた。

痩《や》せ犬

一

炎天。

じっとしていても、汗が吹きでてくる。

「おきちのためだ。稼がねばならぬ」

三左衛門は内職よりも割の良い稼ぎ口を得ようと、芝日蔭町《しばひかげちょう》の萬束屋《まんぞくや》にやってきた。まとまった稼ぎを必要とする連中が足を向ける口入屋《くちいれや》だと、人伝《ひとづて》に聞いたからだ。

萬束屋は大路からひとつはいった横丁の奥にあり、入口の辻には水子地蔵《みずこじぞう》の祠《ほこら》が築かれていた。

祠を避けて通ろうとしたとき、目の端に怪しい人影が過《よぎ》った。

うらぶれた浪人だ。供え物の饅頭《まんじゆう》を盗み、必死に頬張《ほおば》っている。

「哀れな」

見てはいけないものを見てしまったような気がして、三左衛門は足早にその場をはなれた。

萬束屋の敷居をまたぐと、むっとするような人いきれに息が詰まった。

道場の稽古場に似た板の間は、食いはぐれた連中でごった返している。不景気のおり混雑は覚悟していたが、正直、これほどのものとはおもってもみなかった。

しかも、集まっているのは浪人ばかり。月代《さかやき》を剃《そ》っている者などひとりもおらず、無精髭《ぶしようひげ》は伸ばし放題で頬は痩《こ》け、誰もが眼光だけを炯々《けいけい》とさせている。まるで、餓《う》えた山狗《やまいぬ》どもの巣だ。

「さあ、寄った、寄った。早い者勝ちだよ」

手配師は舞台に立ち、滑らかな口調で稼ぎ口を斡旋《あつせん》してゆく。

背後の壁には「焼場の見張り」「賭場《とば》の用心棒」などと書かれた細長い紙が何枚も貼られ、決まれば即座に剝《は》がされた。そのあとにはまた新しい紙が貼られ、誰もがみな鵜《う》の目鷹《めたか》の目《め》で注視する。

なるほど、どれも報酬《ほうしゆう》はよかったが、三左衛門の目でみて、まともな稼ぎ口と言えるものはひとつもない。

「さあ、肥桶集《こえたご》めに湯灌《ゆかん》の手伝い、どっちも金はいいよ」

肥桶集めもごめんだが、湯灌の手伝いというのが変死人の後始末と聞き、三左衛門は眉を顰《ひそ》めた。

ところが、板の間を埋める連中は一斉に手をあげ、眸子《まなこ》を逆吊《さかつ》らせつつ「やらせろ、やらせろ」と騒ぎたてる。

手配師の裁量で何人かが選ばれ、稼ぎにありついた連中は得意顔で手続きの場へ消えていった。

「つぎは増上寺末寺《ぞうじようじまつじ》の墓掘りだ。割はいいよ」

またも一斉に手があがり、怒声や罵声《ばせい》が嵐のように巻きおこる。

三左衛門はただ呆れ、口をあんぐり開けていた。

「おら、邪魔《じやま》だ」

どんと背中を押され、押された勢いで最前列に躍りでる。

演台に立つ手配師のすがたは、安物をたたき売る香具師《やし》のようだ。

目の色を変える浪人どもは、糞《くそ》にたかる銀蝿《ぎんばえ》と何ら変わらない。

稼ぎの担い手は、目のまえでつぎつぎに決まってゆく。

三左衛門は、羨《うらや》ましいとも何ともおもわなかった。

踵《きびす》を返してもよかったが、手ぶらで帰るのも癪《しゃく》に障《さわ》る。

それだけの理由で、粘りづよく留まりつづけた。

壁の貼り紙は次第に減り、正午までにはあらかた無くなってしまった。

仕事にあぶれた浪人が数人、ぐったりした様子で舞台を眺めている。

「さあ、本日最後の目玉だ。こいつを逃す手はねえよ」

手配師は残った連中を睨《ね》めまわし、わざとらしく間をあける。

薄い唇もとから漏れた稼ぎの中味は、しごくわかりやすいものだった。

「座頭《ざとう》の用心棒だ。腕におぼえのある御仁《ごじん》は名乗りでてくれい」

三左衛門は溜息を吐《つ》いた。

用心棒だけはやるまいと、従前から心に決めていたからだ。

いざとなれば、刀を抜かねばならぬ場面も出てこよう。抜けば斬りあいになり、相手か自分が傷つかねばならぬ。

だが、金も欲しい。

おまつばかりに頼ってもいられない。

おきちが産まれ、今までよりもいっそう、稼がねばという気持ちが強くなった。刀を抜かずに済む用心棒ならやってもいいかなと、三左衛門は虫の良いことを考えていた。

手配師と目が合った。

狡猾《こうかつ》そうな狐目《きつねめ》の男は、一対一で語りかけてきた。

「座頭を屋敷まで送りとどけりゃ、それで一両になる。しかも、たったひと晩だ」

「ひと晩で一両か」

「それだけじゃねえよ。座頭に気に入られりゃ、安い利息で金を貸してもらえるって寸法だ」

たったひと晩なら、刀を抜かずに済むかもしれぬ。

不思議なことに、手をあげる者はいなかった。

手配師は顔を寄せ、さあどうすると目顔でたたみかけてくる。

おもわず、三左衛門は手をあげた。

「よし、おめえさんはきまりだ。あとひとり、いねえか……よし、そっちの旦那、おめえさんだ。今夜のところはふたりでいい。さ、手っ取り早く手続きをしてってくれ」

周囲から嘲笑《ちょうしょう》が漏れた。

残った連中はなぜか、目を合わせようとしない。

「命あっての物種《ものだね》だぜ」

という囁《ささや》きも聞こえてくる。

妙なはなしだ。萬束屋に半日いたなかで、座頭の用心棒が最悪な稼ぎ口とはどうしてもおもえなかった。

ともかく、隣部屋へおもむき、若い衆の指図どおり、書面に姓名を記載した。ろくに住処《すみか》を聞かず、素姓を糺《ただ》すこともない。勝手に時刻と行き先を指定され、金が欲しければ足労するようにと念を押された。

「なぜ、座頭の用心棒は人気がないのだ」

と聞いても、若い衆はにやついてみせるだけで応えてくれない。

三左衛門はもやもやした気分のまま、萬束屋をあとにした。

「おい、待て」

表口から二、三歩すすんだところで、誰かに呼びとめられた。

振りむくと、無精髭の痩せ浪人が佇《たたず》んでいる。

どこかで見たことのある顔だ。

「あ」

饅頭を盗んで食った男にまちがいない。

年は三左衛門と同年輩、四十のなかばだろう。

虫食いの薄汚れた着物を纏《まと》い、獣じみた体臭を放っている。

帯に差した大小がいかにも重そうだった。うらぶれても侍の矜持《きようじ》だけは捨てきれず、ぎりぎりのところで踏みとどまっているのだ。

「書面をみたぞ。おぬし、浅間三左衛門と申すのか」

「そうだが」

「水子地蔵の祠で、見て見ぬふりをしたな。ああいう態度はよくない」

男は開きなおったようにうそぶいた。

無視して背をむけると、また呼びとめられた。

「待て、莫迦《ばか》にしておるのか」

「なに」

「野良犬どもを、からかいにきたのであろう」

「まさか」

「おぬし、萬束屋に来るのは初めてだな。三食ちゃんと食い、屋根のある家でぬくぬく寝ておる顔だ。ちがうか」

「そうだが、どこがわるい」

「萬束屋はな、おぬしが来るようなところではない。ここに集まった連中は犬畜生と同じさ。どうやって今日の空腹を満たすか、それだけしか考えておらぬ。稼ぎの中味なんぞ、どうでもよい。働きに見合った銭さえ貰えれば、それで満足なのだ」

働く気力があるだけましではないか。

物乞いよりはいいと、三左衛門はおもう。

「おぬし、萬束屋に詳しいのか」

「ああ」

「なら、ひとつ教えてくれ」

「何だ」

「座頭の用心棒は金もいいし、他にくらべて酷ともおもえぬ。人気がないのは、なぜだろうな」

「くく、やってみりゃわかる。ま、せいぜい気張ることだ」

痩せ浪人は名乗りもせず、気色のわるい笑い声を残して去っていった。

二

その夜、戌《いぬ》ノ五つ半（九時）頃、三左衛門は深川万年町《まんねんちょう》にある亀屋《かめや》まで足を延ばした。

亀屋は一流の料理茶屋だ。夜ともなれば法外な値段を取る。

指定された場所は勝手口のほうで、軒行燈《のきあんどん》がぽつんと掛かっているだけだった。闇に紛《まぎ》れて駕籠《かご》が一挺《いっちょう》待っており、ふたりの担ぎ手が屈《こご》んで煙管《きせる》を燻《くゆ》らせている。

ふたりとは別に、浪人風体の痩せた男が枝垂《しだ》れ柳《やなぎ》の幹にもたれていた。

三左衛門はゆっくり近づき、駕籠の手前で足を止めた。

「ようやく、おでましだな」

暗がりから顔を出したのは、昼間の浪人にほかならない。

「もうひとりの用心棒とは、おぬしのことか」

「刈谷又兵衛《かりやまたべえ》だ。わしが相棒では不服か」

「別に」

「おぬし、しがらみはあるのか」

「しがらみ」

「妻子だよ」

「妻と娘がふたり」

「ほほう、なかなかのしがらみではないか。おぬしが死んだら、さぞかし悲しむであろうな」

「縁起でもないことを言うな」

「用心棒とはそういうものだ。いざとなれば、命を張らねばなるまい」

「人を斬る気もないし、斬られるつもりもない。一夜かぎりのことではないか。座頭を家屋敷に送りとどけるまでのあいだ、何も起こらねば役目は終わる」

「甘いな、そんなことで竹之市《たけのいち》の用心棒はつとまらぬぞ」

「竹之市」

「依頼人の座頭だよ。毎晩のように料理茶屋で遊興に耽《ふけ》るだけの金を稼いでおる。高利貸しなのさ。竹之市に恨みをもつ者は多い」

「そいつらが夜道で駕籠を襲うと」

「半月で三度、都合、六人が殺《や》られた」

「六人もか」

「用心棒はみな斬られた。ひとりも生きておらぬ」

「人気がなかった理由は、それか」

三左衛門は腕を組み、眉根を寄せた。

「しかし、妙だな。用心棒だけが斬られ、座頭は無事だったのか」

「ふん、それがわからぬところさ。萬束屋の手配師が、わざわざ弱そうな浪人者を選んでいるとの噂もある」

「どういうことだ」

「わしらは、斬られ役かもしれぬということさ」

「斬られ役だと」

「ああ」

竹之市は三度夜道で襲われ、かすり傷ひとつ負わなかった。

となれば、襲った連中の狙いは座頭ではなく、用心棒のほうだったとも考えられる。

「莫迦な」

「あながち、突飛《とっぴ》な当て推量でもないぞ」

「わからんな」

三左衛門が首をかしげると、刈谷は薄く笑った。

「狂言だとすれば、辻褄《つじつま》は合う」

「狂言」

「さよう。台本を書いたのは座頭本人だ」

「いったい、何のために」

「わからぬ、肝心なところがな」

三左衛門は溜息を吐いた。

「百歩譲って狂言だとしよう。ならば、おぬしはなぜ、斬られ役と知りながら、ここにやってきたのだ」

「背に腹はかえられぬ」

「金か」

「ほかに何がある」

刈谷が吐きすてたところへ、狐目の男があらわれた。

誰かとおもえば、萬束屋の手配師だ。

「ほほう、閻魔《えんま》の使いが引導を渡しにきたな」

刈谷は自嘲《じちょう》めいた笑みを漏らし、それきり口を噤《つぐ》んだ。

手配師は駕籠かきに「ご苦労さん」と声を掛け、媚《こ》びたような笑みを浮かべながら近寄ってくる。

「旦那方、お揃いでやすね。あっしは喜八《きはち》と申しやす。以後、お見知りおきを。へへ、昼間おはなし申しあげたとおり、条件がひとつござぇやす。何があっても、けっして逃げねえこと。逃げたら金になりやせんよ」

三左衛門は、身を乗りだした。

「喜八とやら、ひとつ聞いてもよいか」

「どうぞ、お名前はたしか、浅間さまでやしたね」

「ふむ。おぬしはなぜ、わしを選んだのだ」

「はあ」

「わしは風采《ふうさい》のあがらぬ男だ。それでか」

「選んだ理由なぞ、おもいだせやせん」

「すでに、六人斬られたと聞いたが」

「さあて、あっしにゃ何のことだか」

「手配師が知らぬはずはあるまい」

「そいつは、お教えしなくちゃならねえことですかね」

「知っておれば、手をあげなかったさ」

「いまさら、お逃げなさるので」

「いいや、請けたからにはやる。ただ、真相が知りたいだけだ」

「真相」

「正直に申せ。わしらは斬られ役なのか」

「旦那、勘ぐりはよしなせえ。たったひと晩で、ほかじゃ稼げねえだけの銭を得られるんだし、中味は穿鑿《せんさく》しねえのが礼儀ってもんでしょう」

三左衛門が黙ると、喜八はにやりと笑った。

「案ずるより産むがやすしですよ。濡れ手に粟《あわ》とも言いやすがね。座頭屋敷のある芝口《しばぐち》まで、何も起こらなきゃそれでいいんだ。駕籠脇にくっついてゆくだけで、おひとりさま一両になる。これほど、おいしい商売もねえ」

「ちなみに、死んだ六人の報酬はどうした」

「払いたくとも払えねえ。あたりめえでしょ。ほとけに要る金は六文銭だけでさあ」

「犬死にということか」

「へへ、旦那、そいつが用心棒稼業の辛《つれ》えところでやすよ」

口の達者な手配師には、何を聞いてもはぐらかされるだけだ。

ここはひとつ、腹を決めねばなるまい。

勝手口がにわかに騒がしくなった。

「ほうら、お大尽《だいじん》がおいでなすった」

喜八が囁くと、女将《おかみ》らしき年増が白い顔をみせた。

「駕籠屋さん、お帰りですよ」

「へい」

駕籠かきふたりが轅《ながえ》を担ぎ、戸口に寄ってくる。

年増の背後から、雲をつくような大男が入道頭《にゅうどうあたま》を突きだした。

「ぐふふ、女将、また明日な」

声質《せいしつ》は野太く、腹の底に響く。

提灯《ちょうちん》の面灯りに照らされた顔は、酒で火照《ほて》って艶めいていた。

瘤《こぶ》のような額のしたに光は無く、空洞がふたつ穿《うが》たれているだけだ。

年は五十前後か、黄蘗《きはだ》の中着《なかぎ》に黒い絽羽織《ろばおり》を纏い、肥えた腹をつきだしたさまは、淫蕩《いんとう》に耽る生臭坊主にもみえる。

「ご依頼主さま、こんばんは」

「おう、喜八か」

「へい」

「用心棒どのは、まいられたかな」

「こちらにおふたり」

「どれどれ、ちと触らせてくだされ」

竹之市は喜八に導かれ、三左衛門のそばに近づいてきた。

「ちょいと、失礼いたしますよ」

肩と腕を触ったり揉《も》んだりしながら、座頭は薄気味悪く笑ってみせる。

「ずいぶん痩せておられるが、剣術の心得がおありですな。目がみえぬと、そのぶん耳や鼻が鋭くなりましてな。ことに、手で触れてみると、たいていのことはわかる。からだのどこを病んでおるのか、どのような悩みを抱えておられるのか、そんなことまでわかってしまう。ぬほほ、酒が過ぎたせいか、今宵は口がよくまわるわい。戯《ざ》れ言《ごと》はこれくらいにしておきましょう」

竹之市は巾着《きんちゃく》の紐をゆるめ、小判を一枚取りだした。

「どうぞ、お受けとりください」

三左衛門は戸惑った。

「報酬は後払いと聞いた。受けとるわけにはまいらぬ」

「お堅いことを申されますな。これは報酬ではござらぬ、巾着をちと軽くしたいだけ。ぐふふ、それは正真正銘の慶長《けいちょう》小判ですぞ。今宵は月がきれいだとか、さぞや、小判も黄金に輝いておりましょう」

なおも固辞《こじ》すると、刈谷が身を寄せ、横から小判を掠《かす》めとった。

「こいつはわしが貰っておこう。座頭どの、文句はあるまいな」

「ええ、いっこうに。さすれば、まいりましょうか」

竹之市は樫《かし》の杖で足許を探り、駕籠のなかへおさまった。

馴れているのか、滑らかな動きだ。

駕籠は豪商の乗る法仙寺《ほうせんじ》駕籠なので、三方の垂れを下げれば、なかの様子はまったくわからない。

「それでは、依頼主さま、おやすみなされませ」

喜八の声に送りだされ、駕籠は軽快に走りだした。

三

山梔子《くちなし》の強い香りがしてくる。

夜空にあるのは下弦《かげん》の月、駕籠は深川万年町から平野町《ひらのちょう》を抜け、法乗院《ほうじょういん》の門前に差しかかった。

このさきは油堀《あぶらぼり》、向こう岸の一色町《いっしきちょう》とを結ぶ長さ十間三尺の富岡橋《とみおかばし》は、法乗院の閻魔堂《えんまどう》にちなんで閻魔堂橋とも通称されている。

竹之市の座頭屋敷は芝口にあるので、佐賀町《さがちょう》から永代橋《えいたいばし》を渡らねばならない。

佐賀町までは、閻魔堂橋を渡って油堀に沿ってゆくのが近道だった。

町木戸の閉まる亥《い》ノ刻（午後十時）を過ぎ、周囲を眺めても人影はない。

対岸にみえる淋しい灯りは、一色町に巣くう女郎屋の軒行燈だ。

駕籠は軽快に走り、閻魔堂橋のなかほどに差しかかった。

そのときである。

突如、殺気が膨らんだ。

橋向こうから、怪しい人影がぱらぱら駆けてくる。

「ほうら、おいでなすった」

刈谷が叫んだ。

「ひぇっ」

駕籠かきどもは轅を抛《ほう》り、小汚い尻をみせて逃げだした。

三左衛門は駕籠の前面へ躍りだし、刈谷は駕籠脇に控えた。

「五人か」

駆けよせる連中は、いずれも覆面《ふくめん》で顔を隠していた。

扇状に散り、肩を怒らせながら柄《つか》に手を掛ける。

長身の男が、ずいと一歩踏みだした。

「高利貸しの竹之市だな」

問われても、竹之市は駕籠のなかで身じろぎもしない。

「おい、どうする」

刈谷が背後で声を震わせた。

「相手はかなりできそうだ。しかも多勢に無勢、勝ち目は薄い」

三左衛門は応えもせず、長身の男に対峙《たいじ》した。

大刀の柄に手を添え、ぐっと腰を落とす。

「すまぬが、わしは逃げるぞ」

刈谷は言いすて、くるっと踵《きびす》を返した。

「逃がすか」

覆面のひとりが叫び、だっと駆けよせる。

三左衛門は横に跳ね、男の首筋を打った。

見事な抜刀術だが、鞘走《さやばし》らせた刀に輝きはない。

「竹光かよ」

別の覆面が吐きすて、無造作に突きかかってきた。

「死ね」

三左衛門は突きを躱《かわ》し、素手《すで》で当て身を食わせる。

「ぬっ」

男はがくっと膝を折り、拝むような姿勢で蹲《うずくま》った。

漆黒《しっこく》の川面に木の葉が舞いおち、下弦の月が波紋に揺れた。

「こやつ」

三人目は本身を抜いた途端、長身の男に制止された。

「待て、慎重にかかれ」

「指図されるまでもないわ。おちょっ」

疳高《かんだか》い気合とともに、男は大上段から斬りかかってくる。

三左衛門は躱しもせず、竹光の先端をすっと鼻面にむけた。

「うはっ」

仰《の》けぞった男の腰帯から素早く小太刀を抜き、峰に返して首筋を打つ。

早技だ。瞬《まばた》きをする暇もない。

男は白目を剝《む》き、棒のように倒れた。

——あとふたり。

胸の裡《うち》に囁いた。

及び腰で刀を構えた四人目の小男が、覆面をもごつかせる。

「は、はなしがちがうぞ」

この台詞《せりふ》に、三左衛門が反応した。

「どうちがう。容易に斬れる相手とでもおもったか」

「けっ、おれは降りる」

小男は尻尾《しっぽ》を巻いて去り、長身の男だけが残った。

「おぬし、ひとりになったな」

三左衛門は竹光を鞘におさめ、奪った小太刀を左手に握りなおす。

さらに、右手で愛刀の越前康継を抜きはなった。

両手で小太刀を握り、ゆっくりと車《しゃ》に落とす。

「小太刀の二刀流か」

長身の男は一歩踏みだし、剛刀を鞘走らせた。

刀身が月影を浴び、眩《まばゆ》いばかりの閃光を放つ。

よくよく眺めてみれば、豪奢《ごうしゃ》な拵《こしら》えの逸品だ。

腰反りの強い本身は、鈍刀《なまくら》とはあきらかに輝きがちがう。

「ほほう、柾目肌《まさめはだ》に丁字《ちようじ》の刃文か。野良犬の携える刀ではないな。盗んだのか」

「どうとでもおもえ」

「わしが勝ったら、その業物《わざもの》を頂戴しよう」

「そうはいかぬ」

男はすっと膝を寄せ、低い姿勢から突きかかってくる。

「ひょっ」

三左衛門は左手の小太刀で受けつつ、右手の小太刀を白刃に沿って滑らせた。

「な、なに」

右手の小太刀は葵下坂《あおいしもさか》、名匠康継の業物だ。

蒼白い光をほとばしらせ、左籠手《ひだりこて》に襲いかかる。
「ぬう」
咄嗟《とっさ》に柄を離した瞬間、男の指がぽろぽろと落ちてきた。
中指、小指、薬指、三本の指先が地べたに転がっている。
「くっ……お、おぼえておれ」
長身の男は口惜しげに吐きすて、くるっと背を向けた。
三左衛門は男の消えた闇をみつめ、ほうっと溜息を吐く。
さすがに、五人が相手ではしんどい。
最初はどうなることかとおもった。
左手の小太刀を川に抛り、康継を鞘におさめる。
刺客三人は橋のうえで伸びたままだ。
竹之市は駕籠のなかで息をひそめている。
高利貸しの座頭にとっても、予期せぬ出来事だったにちがいない。
そんな気がする。
「うほほ、お見事、お見事」
誰かとおもえば、刈谷又兵衛が手を叩きながら戻ってきた。

「加勢しようとおもってな。そこの草陰で一部始終を眺めておったのよ」

「ふん、調子のいいことを」

臆病者めと、低声《こごえ》で詰《なじ》ってやる。

「ま、堅いことは抜かすな。それにしても、おぬし、とんでもなく強いではないか」

「相手が弱すぎただけさ」

「謙遜《けんそん》するな。のう、依頼主どのもそうはおもわれぬか」

刈谷は法仙寺駕籠に歩みより、垂れを乱暴に引きあげた。

覗いてみれば、竹之市は鼾《いびき》を掻いて眠っている。

「やや、こやつ」

刈谷が肩を揺すっても、ぴくりとも動かない。

肝《きも》が太いのか、それとも、狡猾《こうかつ》なだけなのか。

どっちにしろ、迷惑なはなしだ。

用心棒など、やらねばよかった。

三左衛門は、今さらながらに悔やんだ。

四

おきちのお七夜《しちや》から、ちょうどひと月経った。

明後日は三十二日目のお宮参り、一日一日があっという間に過ぎてしまい、何をどうやって過ごしてきたのか憶えてもいない。

ともかく、乳を飲ませること以外にできることは何でもやった。おしめを取りかえ、汚れたおしめを洗って乾かし、飯を炊《た》き、おかずを買いだしにゆき、桃《もも》の葉を浮かせたぬるま湯でおきちを行水《ぎょうずい》させたりもした。

可愛い娘のためだとおもえば何もかも楽しく、どんなことも苦にならなかった。面と向かって泣かれれば落胆《らくたん》し、抱いても泣きやまぬときは乳が出ぬことを真剣に悔やんだ。

一方では、生活《たつき》の道を立てねばと、焦りを募らせた。娘たちの行く末を考えれば、できるだけ金を貯めておきたい。貯めるにはせっせと稼がねばならぬ。焦る気持ちが募り、眠れぬ夜を過ごした。

なにせ、長屋暮らしをはじめてからこの方、内職以外に稼いだことがない。だが、口入屋に通っても、実入りの良い稼ぎ口はない。報酬の高い仕事といえば、胡散臭《うさんくさ》いものばかりだ。なかでも、用心棒だけはやってくれるなと、従前からおまつに釘を刺されていた。ひとたび刀を抜けば、自分も他人も傷つく。刀を振りかざして報酬を得ることだけはやめてくれと頼まれたのだ。

用心棒をやったことがばれたら、おまつは悲しむ。

その夜は柳橋の夕月楼で深酒をしたと、嘘を吐いた。口が裂けても、喋るわけにはいかなかった。

それにしても、暑い。

夏の陽光は容赦なく、町を焦がしつくしている。

露地裏では痩せ犬が長い舌を垂らし、日蔭を探してうろついていた。

おまつはおきちに乳をふくませ、三左衛門は隣で団扇《うちわ》をそよがせている。

閻魔堂橋の出来事をうじうじ思い悩んでいると、来てほしくない男がひょっこり訪ねてきた。

「ごめんくださいまし」

狐目の三十男、萬束屋の喜八だ。

戸口から部屋を眺めまわし、油断のない笑みをおくってくる。

「何か」

おまつが乳を隠しもせずに問いかけた。

三左衛門は焦った。

喜八の素姓がばれてはまずい。

「お取りこみ中のところ、失礼いたしやす。手前は口入屋の下働き。じつは、浅間さまに折りいってお頼みしてえことが」

「ちょっと待て、立ち話も何だ。外へ出よう」

「へい」

「おまつ、ちと行ってくる」

「行ってくるって、どこへ」

「木戸のむこうさ」

「ふうーん」

おまつは敢えて穿鑿する様子もない。

三左衛門は、ほっとしながら家を出た。

魚河岸を横目に見ながら、喜八を表通りの水茶屋に誘った。

手配師は茶ではなく冷や酒を注文し、出されたぐい呑みになみなみと注いだ。

「いける口なんでしょ、旦那」

「わしは笊《ざる》だ。いくら呑んでも酔わぬ」

「へへ、そいつはいいや」

「困るな、長屋まで来られては」

「どうしてです」

「用心棒をやったと知れたら、女房に張りたおされる」

「そいつは驚き桃の木だ。たったひと晩で一両稼いだ旦那を張りたおすとはね。へへ、閻魔堂橋での立ちまわり、お聞きしやしたよ」

「座頭からか」

「ま、いいじゃありやせんか。あっしの目に狂いはなかった。やっぱし、旦那は並みの遣い手じゃねえ」

「適当なことを申すな。おぬしは、わしを斬らせるために選んだのであろうが。それくらいはわかるぞ」

「妙な勘ぐりはよしてくだせえ。どうして、旦那を斬らせなくちゃならねえんです」

「とぼけるな」

「とぼけちゃおりやせん。ま、おひとつ。お怒りなされますな」

酒を注がれ、口が湿ると、気分もいくらか和《なご》んだ。

「まあよい、用件を言え」

「竹之市がえらく感謝しておりやしてね。旦那に折りいって頼みてえことがあるんだそうです」

「また用心棒をやれとでも」

「いいえ、何でも犬の世話をしてほしいとか」

「犬の世話だと」

「詳しいはなしは存じませんがね。へへ、あっしは子供の遣いでして。ともかく、座頭屋敷ではなしを聞いてもらうだけでいい。足代は出す。やるかどうかは、はなしを聞いてから決めてもらっても結構だそうです」

「胡散臭いな」

「頼みを請けていただければ、最低でも三両は出すそうですよ。今どき、犬の世話で三両だなどと、そんなうまい稼ぎ口はありやせんぜ」

うまいはなしには裏がある。益々《ますます》、胡散臭い。

しかし、三両は心を動かすのに充分な金額だ。

喜八は仕事の内容を承知しているはずだが、ここで喋る気はないらしい。

巧みな誘いだ。

三左衛門は迷った。

三両あれば、貯蓄の足しには充分なる。

「旦那、その気がおありなら、本日夕刻、芝口の座頭屋敷までお越しくだせえ。場所はおわかりでやすね」

「駕籠を担がされたからな」

喜八はまた、酒を注いでくれた。

自分は、かたちばかり酒を舐めるだけだ。

水茶屋の娘が、しゃっと打ち水を撒いた。

水の掛かった痩せ犬が、気怠《けだる》そうに首を捻る。

「莫迦な野良犬だぜ」

喜八はひとりごち、ふんと鼻を鳴らしてみせた。

五

夕の七つ（四時）を過ぎたころ、三左衛門は芝口の座頭屋敷を訪ねた。

広大な敷地を囲む築地塀《ついじべい》には、忍び返しがびっしり付いている。

たいそう立派な門をくぐって表口で案内を請うと、弟子らしき小坊主がやってきた。

「おいでなされませ」

「浅間三左衛門と申す者だが」

「お待ちしておりました」

長い廊下をくねくねと渡って招きいれられた八畳間は、見事な彫刻の欄間《らんま》や神々《こうごう》しい薬師如来《やくしにょらい》の描かれた襖絵《ふすまえ》で飾られていた。泉水《せんすい》のある中庭の隅には厳《いか》めしい土蔵まで築かれ、鬼門の位置には縁起木として知られる槐《えんじゅ》の樹が植わっている。

噂に違《たが》わぬ分限者《ぶげんしゃ》ぶりが、家屋敷や調度品から充分に窺えた。

襖が音もなく開き、町人髷《ちょうにんまげ》を結った優男《やさおとこ》があらわれた。

「ようこそ、お越しくださされました。座頭の手代にござります」

「ご主人は」

「急患《きゅうかん》がござりまして、鍼《はり》を打ちにまいりました」

「鍼だと、金貸しではないのか」

「そもそも、竹之市は鍼灸医《しんきゅうい》にござります」

「ふうん」

「さっそくですが、お願いしたい内容を申しあげます」

「待ってくれ、やるかどうかは、まだ決めておらぬぞ」

「けっこうです。でも、断ったお方はひとりもありませんよ」

手代はいちど襖の向こうへ引っこみ、ずっしりと重そうな革の首輪を手にして戻ってきた。

「さるお旗本が唐犬《からいぬ》を飼っておりましてね、一日だけ犬の面倒をみていただきたいのです」

「どうして、犬の面倒など」

「しかとはわかりかねます」

「ものの役に立つかどうか、わからぬぞ」

「と、申されますと」

「むかしから、猫は家に付き、犬は人に付くという。見も知らぬ者が首輪を携えていったところで、狎《な》れてはくれまい」

「はてさて。首尾はともかく、手前の役目はこのはなしを浅間さまに繋ぐこと。報酬は三両と聞いております」

「たかが犬の世話に三両、それが解《げ》せぬ」

どうにも、裏があるとしかおもえない。

が、断る理由も見出せなかった。

「お請けくだされますか」

「わかった」

「されば、明後日明け六つ（午前六時）、本所《ほんじょ》までご足労願います」

「すまぬ、明後日はちと」

「いつがよろしいので」

「こちらで選べるのか」

「おそらくは」

「明後日を除けば、いつでもよいが」

「されば三日後、文月朔日《ふづきついたち》にいたしましょう。ご足労いただくさきは松井町《まついちょう》二丁目、真壁六郎太《まかべろくろうた》さまの御屋敷です。当主の真壁さまご本人は無役《むやく》の寄合なれど、真壁家の家禄は五千石、三河《みかわ》以来の由緒《ゆいしょ》正しいお家柄でございます。御屋敷は竪川《たてかわ》に架かる二《ふた》ツ目之橋《めのはし》のそばですので、容易におわかりになられましょう。もし、お迷いになられたら、唐犬の御殿さまは何処《いずこ》にとお尋ねください」

「唐犬の御殿さまか」

「ご近所では知らぬ者とてない犬好きのお旗本です」

「承知した」

たかが犬ごとき、恐れて何とする。どうでもよいような意地にも操られ、安易に請けてしまったことを後悔しつつ、三左衛門は重い尻をもちあげた。

門の外へ出るとそこに、なぜか、刈谷又兵衛が待っていた。

「よう、また会ったな」

「何をしておる」

「これはご挨拶だな。わしにもお呼びが掛かったのさ。瓜実顔の手代が応対に出てきおったであろう。おぬしも請けたのか」

「何を」

「とぼけるな、殺しだよ。ひとりにつき十両」

「なんだと」

三左衛門は、刈谷の腰帯に目を遣った。

この男とは不釣りあいな華美な拵《こしら》えの刀が差してある。

「ふふ、わしの得物を鈍刀と見抜き、あのうらなり顔、只で一本進呈してきおったわ。そのぶん、報酬から差っぴくらしいが、まあよい。なにせ、十両だからな……おぬし、まさか断ったのか」

「断るも何も、殺しのこの字も聞いておらぬ」

「だったら、何を頼まれた」

「犬の世話だ。本所に唐犬を飼う旗本がおるらしい。一日だけ犬の世話をすれば三両になると言われた」

「莫迦臭い。犬の世話で三両だと、そんなはなしを誰が信じる」

「嘘ではない」

「ふん、まあよい。おぬしのおかげで、わしもおこぼれにあずかったわけだし」

「見損なったぞ。金のために、人斬りをやろうとはな」

「言ったはずだ。背に腹はかえられぬと。おぬし、ちと付き合え」

刈谷は背をむけ、とっとと歩みだす。

仕方がないので従《つ》いていった。

愛宕下《あたごした》の大名屋敷を横目にしながら通りすぎ、青松寺《せいしょうじ》の南端から芝切通《きりどおし》の急坂をのぼる。切通には時の鐘があり、暮れ六つを報せる鐘の音がやけに大きく聞こえた。

杏子色《あんずいろ》の夕陽に向かって、嘴太鴉《はしぶとがらす》の群れが遠ざかってゆく。

頂上の広小路から富山町《とみやまちょう》、神谷町《かみやちょう》とすすみ、参道に長く伸びた人影も消えるころ、ふたりは光明寺《こうみょうじ》の境内《けいだい》にたどりついた。

「おい、こっちだ」

刈谷は石灯籠《いしどうろう》の陰に隠れ、本堂の手前を指差した。

小坊主がひとり、竹箒《たけぼうき》で甃《いしだたみ》を掃除している。

「あのちびがな、わしの一粒種《ひとつぶだね》さ」

「え」

「七つのときに、母を流行病《はやりやまい》で亡くしてな。その直後、わしが寺に預けた。今は十だ。丸三年が経とうとしている。育てる自信がなかったのだ。寺に預けるとき、ちびと約束を交わした。三年経ったら、必ず迎えにくる。それまでの辛抱《しんぼう》だとな。指折り数えて待っているはずだ。されど、今のわしには迎えにいく勇気などない」

「どうして」

「ちびはな、わしのことをひとかどの剣客と信じておる。廻国《かいこく》修行ののち、しかるべき雄藩《ゆうはん》の剣術指南役として仕官を果たすなどと、酔った勢いで大法螺《おおぼら》を吹き、年端《としは》もいかぬ子供に夢を抱かせたのよ。わしはこのとおり、三年前と何ら変わらぬどころか、益々うらぶれてしまった。このざまでは、迎えに行きたくとも行けぬ。せめて、いずこかに仕官だけでも叶《かな》えば」

「あてがあるのか」

「ある。そのために、せっせと金を貯めておるのさ。ひょんなことから、尾張藩《おわりはん》御旗奉行《おはたぶぎよう》配下の組頭《くみがしら》に知己《ちき》を得てな、組頭どのに五十両ほど包めば、御三家《ごさんけ》に仕《つか》える藩士の端くれにくわえてもらえそうなのだ」

「五十両か」

「この三年、ろくに物も食わずに貯めてきたが、まだ足りぬ。わしは、ちびとの約束を守らねばならぬ。そのためには、どうしてもまとまった金が要るのさ」

「だからといって、見も知らぬ相手を斬るのか」

「相手は辻強盗《つじごうとう》も平気でやる腐れ浪人どもと聞いた。生かしておいても世のためにはなるまい。わしはな、息子にだけはみじめなすがたをみせたくないのだ……くそっ、ちびはああして辛い修行に耐えておるのに、父親はこのざまだ」

「自分を偽《いつわ》って苦しかろう」

「そりゃ、苦しいさ」

「ならば、ありのままの自分でおればいい。今すぐ、迎えに行ってやれ」

「きれいごとを抜かすな。おぬしに何がわかる」

「相手は腐れ浪人と申したな。斬られたらどうする。あの子とは永遠に会えなくなるぞ。これ以上、子に辛いおもいをさせるな」

「わしは死なぬ。閻魔堂橋でおぬしが指を落とした長身の男、おぼえておるか」

「ふむ」

「姓名も素姓も知らぬが、北辰一刀流《ほくしんいっとうりゅう》の免許皆伝《めんきょかいでん》らしい。指を欠いても闘う。治療代を稼がねばならぬそうだ。ふふ、あやつも痩せ犬よ。わしは痩せ犬の補佐役だ。剣戟《けんげき》の矢面《やおもて》に立たず、人も殺さず、漁夫《ぎょふ》の利を得たいとおもうておる」

「決行はいつだ」

「三日後の亥ノ刻、閻魔堂橋の西詰めに潜む」

「なんだと」

「ふふ、やっとわかったか。腐れ浪人ふたりが竹之市の乗る駕籠を守り、橋向こうからやってくる。わしらは駕籠脇を固める連中を襲うのよ。斬られる側から、こんどは斬る側にまわるというわけさ」

いったい、何のために斬りあいをやらせるのだ。

思わず怒りが湧きあがってくる。

「穿鑿無用、まずは金だ」

刈谷は真顔になり、血走った眸子を剝いてみせた。

六

水無月晦日《みなづきみそか》は物忌《ものい》みの日、溜池《ためいけ》の山王大権現《さんのうだいごんげん》でも鳥居《とりい》に大きな茅《ち》の輪《わ》を結び、夏越《なごし》の祓《はら》いをおこなう。茅の輪を潜れば厄は払われ、荒ぶる神を和ますのだという。

おきちのお宮参りは夏越の祓いとかさなったため、たいへんな賑わいのなか、苦労させられるはめになった。

朝から雲ひとつない陽気で、少し動けば汗が吹きでてくる。

そうしたなか、人の波に揉まれながら参道をすすまねばならない。

札所には人垣が何重にもでき、近づくことさえ困難だった。

おまつは産着にくるんだおきちを抱え、三左衛門はおすずの手を引いた。

何とか本堂でお参りを済ませ、境内の片隅にある水茶屋へ涼みにはいる。

ところが、縁台に座った途端、冷たいものが落ちてきた。

「あら、そばえだよ」

おまつが天を仰いだ。

あっけらかんと晴れているのに、雨がぱらぱら落ちてくる。

それが吉兆なのか、凶兆なのか、よくわからない。

おきちは、すやすや眠っていた。

おすずが小首をかしげ、口を尖らせる。

「おっかさん、そばえってなあに」

「日が照っているのに降る通り雨のことさ。お天道《てんとう》さまが悪戯《いたずら》していなさるんだよ」

「どうして」

「どうしてかねえ。蟻《あり》ん子《こ》みたいな人間が慌てふためく様子を眺め、笑っていなさるんじゃないのかい。お暇なんだよ、きっと」

「お天道さまもお暇なんだ」

「すぐに飽きてしまわれるさ。ほら、もう熄《や》んだ」

「ほんとだ」

濡れた参道は途端に乾き、茹《う》だるような暑さが戻ってくる。

人影がひとつ、陽炎《かげろう》のように揺れながら茶屋に近づいてきた。

「おまえさん、ほら、あのひと」

おまつに言われ、どきりとした。

喜八である。

何か訊こうとするおまつを制し、三左衛門は腰をあげた。

「すまぬが、さきに帰っててくれ」

「おまえさん」

「頼む」

有無を言わせぬ態度で吐くと、おまつは無言で頷いた。

ただごとではないと、察したのだ。

三左衛門は後ろもみずに大股で歩みより、喜八の胸をどんと突いた。

「何をしておる。すがたをみせるなと言ったはずだぞ」

「へへ、旦那、そう怒らずに」

喜八は泥鰌《どじょう》のようにするりと逃げ、三左衛門を樫の木陰へ誘った。

「犬の世話なら、明日のはずだ」

「聞いておりやすよ。ご苦労さまで」

「いったい、何の用だ」

「刈谷又兵衛さまの件ですよ。あのお方、斬られやすぜ」

「ん、どういうことだ」

「明晩、あるところにご足労いただく手筈《てはず》なんですが、狙う相手が凄腕なんですよ」

「刈谷の側には、北辰一刀流の遣い手がおるだろうが」

「ほっ、お聞きおよびでしたか。じつは、その北辰一刀流、さる藩にめでたく召しかかえられるはこびとなりやしてね、すまぬが殺しはできねえと、泣きついてきやがった」

嘘だ。指を失った男に、そんなうまいはなしが転がりこむはずがない。

「刈谷さまおひとりだと、どう眺めても分が悪い。どなたか助っ人はいねえものかと思案していたら、旦那のことが浮かんだんですよ」

「迷惑だな」

「刈谷さまとはご昵懇《じっこん》でしょ。あの御仁は気持ちの良いお方だ。亡くすには、ちと惜しい」

「それで、わしに助っ人を」

「ま、あっしのお節介《せっかい》みてぇなもんで」

　裏がありそうなはなしだ。

「もちろん、報酬ははずみやすよ。刈谷さまにゃ、ひとり十両と申しやしたが、旦那にゃ三十両差しあげやしょう」

　金の問題ではない。なぜ、浪人同士で斬りあいをやらねばならぬのか、何よりもまず、そこを糺さねばなるまい。

「戯《たわむ》れなのだと、竹之市は言いやした」

「何だと」

「へへ、虫螻《むしけら》どもが斬られるさまをみたいとも言いやしてね」

「目がみえぬのにか」

「断末魔《だんまつま》の声を聞くんです。それが唯一の楽しみだとか」

「病んでおるな」

「あっしも、そうおもいやすよ。でも、強意見《こわいけん》するわけにもいかねえ。なにせ、萬束屋の上客でやすからね」

「ほかに斬りあいをやらせる理由は」

「さあ」

喜八は薄く笑い、はなしを戻した。

「助っ人の件、どうしやす」

「断る」

「お友達を見殺しになさるので」

「あの男と会ったのは二度、友でも何でもない」

「助っ人の義理はないと仰《おっしゃ》る。そうですかい、残念だな」

「ほかに用件は」

「ありやせんよ」

「だったら、消えてくれ。二度と妻子のまえにすがたをみせるな」

「わかりやしたよ。それじゃ」

喜八は単衣《ひとえ》の裾を端折《はしょ》り、人混みのなかに消えてゆく。

三左衛門は首を捻った。

なぜ、刈谷又兵衛の件を吹きこまねばならぬのか。

「わからぬ」

手配師が痩せ浪人に同情したなどと、そのようなはなしは信じられない。

いったい、どこの誰が何をたくらんでいるのか、三左衛門にはさっぱりわからなかった。

七

朝未《まだ》き、三左衛門は両国から大橋《おおはし》を渡って本所に向かった。

竪川の二ツ目之橋までたどりつくと、真壁屋敷は誰かに聞かずともすぐにわかった。知行五千石取りの旗本と言えば大身、棟門《むなもん》のどっしり構えた屋敷は壮大でひときわめだつ。

門番に用件を告げると、奥から無愛想な用人があらわれ、玄関脇から簀戸《すど》をくぐって中庭のほうへ連れて行かれた。

瓢簞池《ひょうたんいけ》の畔《ほとり》には、艶《あで》やかな白い五弁花が咲いている。

「夏椿《なつつばき》か」

天竺《てんじく》にあるという伝説の樹、沙羅双樹《さらそうじゅ》に似ていると、どこかの偉い坊主に聞いたことがある。花ごとぼそっと落ちるさまが首落ちを連想させるので、武家の花木としてはあまり好まれない。

三左衛門は、夏椿の咲く瓢簞池を背にして待った。

すると、座敷奥の襖が音もなく開き、当主らしき人物が登場した。

剃りたての月代に蒼白い細面《ほそおもて》、四十そこそこの男が狂気じみた双眸《そうぼう》を炯々《けいけい》とさせている。

丈は高く、痩せているだけに肩幅の広さがめだつ。

初めて出逢ったような気がしない。

だが、面相におぼえもないし、だいいち、五千石の旗本と顔を合わせる機会など、そうざらにあることではない。

三左衛門はとりあえず、立ったままお辞儀をした。

「貴公、姓名は」

「は、浅間三左衛門と申します」

「生まれは」

「上州富岡でござる」

「富岡にはたしか、小さな藩があったな。何というたか」

「七日市藩です」

「おう、そうじゃ。吹けばとぶような一万石よ」

捨てた藩ではあったが、あからさまに侮辱《ぶじょく》されたような気がして腹が立つ。

「なにゆえ、浪人したのじゃ」

「たいした理由ではござらぬ」

「貴公、なかなかの遣い手と聞いた。もしや、剣にまつわる事情で藩を出奔《しゅっぽん》したのではあるまいか」

鋭い指摘だ。拠所《よんどころ》ない事情から朋輩《ほうばい》を斬り、居たたまれなくなって藩を捨て、故郷を捨てたのである。

三左衛門が黙っていると、真壁は呵々《かか》と嗤《わら》った。

「ふはは、まあよい。深刻な顔をいたすな」

「はあ」

「ところで、何をやるかは聞いておろうな」

「唐犬の世話をせよとか」

「真に受けたか。ふらりと顔をみせた相手に、わしの飼い犬が気を許すとでもおもうか」

「おもいませぬ」

「ふん、痩せ侍め。報酬につられたな」

脇に控える厳《いかつ》い用人に向かって、真壁は顎をしゃくった。

用人は革手袋《かわてぶくろ》を塡《は》めて中庭の死角に消え、しばらくしてから戻ってきた。

何やら、獣の臭いがする。

「殿、支度ができましてござりまする」

用人が一礼すると、真壁は疳高い声を発した。

「浅間三左衛門、首輪は携えてきたか」

「これに」

「よし、用人に腰の大小を預けよ」

三左衛門は躊躇《ちゆうちよ》しつつも、言われたとおりにした。

「これより、唐犬を庭に放つ。昨夜から餌《えさ》を与えておらぬでな、腹を空かせておろう。犬を傷つけず、見事、首輪を塡めてみせたら、即座に三両を授けよう。できねば、おぬしが餌になるやもしれぬ」

真壁は、おもむろに左手を開いてみせた。

親指と人差し指を除く三本の指が欠けている。

「唐犬の名は室戸丸《むろとまる》じゃ。喧嘩犬でな、みたら驚くぞ。ほれこのとおり、わしの指を食いちぎったのじゃ。ぐふふ、逃げたくなったであろう。けっして、逃しはせぬぞ。覚悟はよいか」

「お待ちを」

「恐れをなしたか」

「かように馬鹿げた余興が、犬の世話とはおもえませぬが」

「おぬしは命懸けかもしれぬ。じゃが、室戸丸にとっては散歩の延長にすぎぬ。旗本というものは暇でのう。いろいろ趣向を凝《こ》らし、暇つぶしの余興を考えださ
ぬと、一日が長《なご》うてしようがないのよ」

余興なのか、これが。

「さて、はじめるか」

用人はまた革手袋を塡め、死角に消えた。

「よし、室戸丸を放て」

「わうっ」

空恐ろしい咆哮《ほうこう》とともに、熊《くま》なみに大きな犬が躍りだしてきた。

尖った耳、鋭利な牙《きば》、全身を包む赤毛は逆立ち、真っ赤な眼光を怒らせている。

室戸丸は無造作に近寄り、三左衛門の首を狙って飛びかかってきた。

咄嗟に、首輪を振る。

金具で鼻面を叩くと、室戸丸はわずかに怯《ひる》んだ。

その隙に態勢を立てなおし、腰を落として身構える。

室戸丸のほうも、こんどは慎重に間合いをはかりはじめた。

「がるる」

裂けた口から真紅の舌を垂らし、白い泡を吹きながら、のっそり、のっそりと円を描くように彷徨《ほうこう》する。

三左衛門は、自分でも息が荒くなってゆくのがわかった。

気持ちを落ちつかせようにも、うまく制御できない。

「ええい、ままよ」

何をおもったか、左袖を引きちぎった。

室戸丸が、ぴくんと耳を動かす。

三左衛門は右手に首輪をぶらさげ、左手に袖をひらひらさせつつ、室戸丸との間合いをはかった。

大きさに馴れてしまうと、恐怖は薄まっていった。

なにせ、相手は犬。攻撃の一手を読みきるのは簡単だ。

三左衛門は犬の攻撃を躱すだけでなく、逆手に取って組みふせる方法をおもいついた。

勝負は一瞬、成否は五分五分、なにせ、生まれてこの方、犬と闘った経験などない。

三左衛門は、ほうっと息を吐いた。

吐ききったところで、室戸丸に背を向ける。

得たり。

犬なりに、そうおもったのだろう。

室戸丸は四肢《しし》を躍動させ、猛然と地を蹴った。

「がうっ」

高々と跳躍し、放物線を描く。

つぎの瞬間、三左衛門は振りむき、室戸丸の口めがけて袖を振った。

輪になった部分に口がすっぽりおさまり、唐犬の巨体は横腹から地べたに叩きつけられた。

すかさず、三左衛門は馬乗りになり、前脚の付け根をきめにかかる。

室戸丸は攻撃を封じられ、身動きひとつできない。

その隙を衝き、素早く首輪を填めた。

身を剝がすと同時に、尻を蹴ってやる。

「きゃん」

室戸丸は情けない声を発し、文字どおり、尻尾を巻いて逃げだした。

庭に重苦しい沈黙が流れた。

真壁ひとりが、ぱちぱちと手を叩いている。

「見事じゃ、あの室戸丸をいとも容易《たやす》く組みふせるとは」

口惜しさを無理に抑えているせいか、声が震えている。

三左衛門は着物の土埃《つちぼこり》を払い、真壁に軽く一礼した。

「わしに仕えぬか。用人になれば俸給は意のまま、貧乏な長屋暮らしから抜けださせようぞ。どうじゃ」

「せっかくですが、遠慮いたします」

「さようか。見込んだとおり、骨のある男のようじゃ。されば、報酬をくれてつかわす。ほれ」

真壁は三枚の小判を手に取り、庭先にばらまいた。

「拾うて帰れ、犬のようにな」

鼻で笑われ、拳をぎゅっと握りしめる。

「どうした、拾わぬのか」

「ごめん」

三左衛門は小判を拾わず、用人のもとに歩みよった。

用人は身構える。

「刀をお返し願おう」

「あ、あいわかった」

受けとった大小を腰に差し、簀戸のほうへ歩みだす。

背中で、真壁の歯軋《はぎし》りが聞こえた。

「くそいまいましいやつめ。おい、室戸丸を折檻《せっかん》するぞ、ここに引ったてい」

三左衛門は簀戸門を開けた。

腐れ旗本めが。

真壁六郎太だけは、斬っても構うまいとおもった。

八

亥《い》ノ上刻（午後九時半過ぎ）。

月は群雲《むらくも》に隠れている。

三左衛門は迷ったすえ、閻魔堂橋におもむいた。

橋桁《はしげた》の蔭から顔を出したのは、刈谷又兵衛である。

「来てくれたのか」

「とりあえずな」

「どうも、はなしがちがう。いくら待ってもほかの連中は来ない。ひとりでやらねばならぬのかと案じておったところさ」

「わしが来たのは、おぬしに忠告するためだ」

「忠告」

「ああ、北辰一刀流の男は来ぬぞ。しかも、狙う相手はふたりとも、かなりの遣い手らしい」

「そうか、困ったな」

「金はあきらめろ」

「そういうわけにはいかぬ」

「なぜ」

「いまさら、逃げたくはない」

「侍の意地か。そんなものは捨てちまえ」

「ここで逃げたら、二度と萬束屋の仕事はできなくなる。わしは是が非でも仕官せねばならぬのだ。助けてくれ、な、おぬしがおればどうにかなる」

「ごめんだね」

「ならばいっそ、座頭の悪事を暴《あば》こうではないか」

「悪事を暴く、どうやって」

「やつは駕籠でやってくる。駕籠を襲い、竹之市をその場で吊るしあげればよかろう」

わるくないと、三左衛門はおもった。

「ついでに、座頭から金を搾《しぼ》りとってやる。どうせ、高利であくどく儲《もう》けた金だ。わずかばかり頂戴しても罰《ばち》は当たるまい」

相談がまとまり、ふたりは闇に潜んだ。

やがて、橋向こうから、駕籠かきの掛け声が聞こえてきた。

用心棒の提げた提灯が、揺れながら近づいてくる。

月影はない。

漆黒の川は押し黙り、稀《まれ》に魚が跳ねて水飛沫《みずしぶき》があがるだけだ。

「いくぞ」

刈谷が勇んで飛びだした。

三左衛門もつづき、橋のなかほどまで駆けよせた。

「ひゃっ」

駕籠かきどもが轅を抛り、小汚い尻をみせて逃げだした。

用心棒のひとりが前面に飛びだし、別のひとりは駕籠脇に控える。

三左衛門も刈谷も覆面をしていない。おそらく、正体はばれているだろうから、隠す必要もなかった。

「待てい、竹之市」

刈谷は叫び、座頭の手代から進呈された業物を抜きはなった。

刃長は三尺近くある。

痩せ浪人に似つかわしくない刀だ。

「ゆくぞ」

踏みこもうとする刈谷の肩を、三左衛門はつかんで引きよせた。

「おぬしはすっこんでろ」

「え」

「刀を寄こせ。おぬしには人を斬らせぬ。あの子のためだ」

「ふむ……わ、わかった」

刈谷の目は、心なしか潤んでいる。

三左衛門には、刈谷の複雑な心境が察知できなかった。

「おい、何をごちゃごちゃやっておる」

先方の用心棒が怒鳴った。

みやれば、ふたりとも白刃を抜き、前方の男は青眼に、後方に控える男は八相《はっそう》に構えている。腰つきから推すと、たいしたことはなさそうだ。

「手っ取り早く片づけるか」

三左衛門は剛刀を肩に担ぎ、低い姿勢で駆けた。

「ぬりゃ……っ」

ひとり目が青眼から白刃を上段に振りあげ、真《ま》っ向唐竹割《こうからたけわ》りに斬りかかってくる。

三左衛門はすっと身を寄せ、刀を合わせもせずに小脇を擦りぬけた。

と同時に、側面から首根を叩きつけてやる。

「ういっ」

すかさず、駕籠脇に迫った。

仰けぞるふたり目に、鋭利な物打ちを振りおろす。

月代に触れる寸前、峰に返された刀身は脳天をとらえた。

「ぬげっ」

眼球が飛びだしかけ、瞬時に引っこむ。

ふたりの浪人は、同時に頽《くずお》れていった。

「へへ、やった、やった」

小躍りで駆けよる刈谷に、三左衛門は刀を返した。

刈谷は刀をおさめもせず、法仙寺駕籠に近づいてゆく。

「竹之市」

荒々しく呼びかけ、駕籠の垂れを捲《めく》りあげる。

「うっ」

身を反らし、頬を強張らせた。

「どうした」

三左衛門も駆けよせ、駕籠のなかを覗いてみた。

竹之市はおらず、代わりに、大きな犬の死骸が乗せてあった。

「室戸丸か」

吐きすてた刹那《せつな》、土手下から高笑いが聞こえてきた。

「くはは、掛かったな、上州の山出し侍め」

闇のなかから、長身の男がゆらりとあらわれた。

黒覆面をしているが、肩の張った体形には見覚えがある。

「お、あのときの男だぞ」

刈谷は吐きすて、三左衛門の背後にまわった。

たしかに、閻魔堂橋で出逢った男だ。

が、三左衛門は男に二度逢っていた。

「察したようだな」

男は覆面を剝ぎとった。

「真壁、六郎太」

「さよう。浅間三左衛門、おぬしには死んでもらわねばならぬ」

「なぜ」

「おぬしに指を落とされた。命を取らねば、気が済まぬからよ」

「自信満々だな。北辰一刀流の免許皆伝と聞いたが」

「そっちは富田流の小太刀を遣うのであろう」

三左衛門は抜きもせず、慎重に躙《にじ》りよる。

真壁も抜かず、間合いを詰めながら発した。

「浅間よ、おぬしに勝ち目はない」

「どうかな」

「いいや、勝負は決しておる。わからんのか」

「なにが」

「わしは無謀はせぬ男でな、策がなければ、わざわざ出張っては来ぬ」

「ん」

三左衛門の背筋に、悪寒が走った。

「ま、まさか」

背後に隠れた刈谷が、尋常ならざる殺気を放っている。

「そやつの刃は、貴公の心ノ臓にまっすぐ向いておる。ふふ、仲間に裏切られた気持ちはどうだ。そやつはわしの犬よ、金で転びおったのだわ。おぬしとはちがう。世の中とは皮肉なものよな。骨のあるやつが死に、骨なしの犬侍が生きながらえる。辞世の句があれば聞いてやるぞ」

「ない」

「そうか。残念だな」

真壁は大股で近づき、しゃっと本身を抜いた。

抜かれた刀は反りの深い業物、真壁は蒼白い刀身をうっとり眺め、赤い舌でぺろりと嘗《な》めた。

「うひひ、郷義弘《ごうよしひろ》じゃ。ただし真贋《しんがん》の別は判然とせぬ。郷義弘は銘を鑽《き》らぬ刀匠《たくみ》じゃからのう。これが本物なら、わしはいくらでも金を出す。じゃが、真贋を見極める方法はない。目のみえぬ竹之市のことばを信じるよりほかにないのだ」

「その刀、いつぞやもみたぞ」

「ようおぼえておったな。あのとき、おぬしが素直に斬られておれば、かようにまわりくどいことはせずに済んだ」

「様斬《ためしぎ》りか」

「さよう、座頭が借金のカタに奪った名刀、それが座頭屋敷の蔵に山と積まれておるらしい。なかでも、厳選した何振りかを、わしは買《こ》うてやった。ただし、条件をひとつ付けてなあ」

「条件」

「わしは鑑定書きなぞというものを信じぬ。惚れた刀の斬れ味がどうしても知りたかったのよ。それは、犬ごときを斬ってもわからぬ。生身の人間を斬らねば、わからぬものでな」

からくりが解けた。

竹之市は真壁のような物狂いに業物を売りつけるべく、人の道に外れた企《くわだ》てをおもいついたのだ。

「おぬし、浪人たちを虫螻のように斬ったのか」

「さよう。所詮《しよせん》、刀は人殺しの道具。まともに斬ることができねば一文の価値もない。どうせ、斬る相手は屑《くず》同然の痩せ犬ども、生きておっても世の中の足しにならぬ連中じゃ」

「病んでおるな」

「わしは欲しい刀を買う。惚れた刀の斬れ味を確かめるために人を斬る。それだけのはなしよ」

「おぬしのような輩《やから》は、死んだほうがよい」

「ぷはっ、死ぬのはどっちだ。こやつの斬れ味を験《ため》させてもらうぞ。おぬしのごとき遣い手とめぐりあったのも何かの縁じゃ。強い者を斬れば、その者の魂魄《こんぱく》が刀に憑依《ひようい》する。そうなれば、刀は無類の斬れ味をしめすようになるという。真実か否か、どうしても験してみとうてな。この機会を、指折り数えて待っておったのよ」

「なぜ、唐犬と闘わせたのだ」

「おぬしを誘いこむための便法《べんぽう》。わしはこの閻魔堂橋で恥辱を受けた。おぬしと勝負できずに逃げたのじゃ。受けた借りはおなじ場所で返す。そうでなければ意味はない。さあ、喋りは仕舞いじゃ。覚悟せい」

真壁が郷義弘を振りかぶる。

三左衛門は覚悟を決めた。

眸子を瞑《つぶ》る。

刹那、右の脇腹に、ひんやりとした感触が走りぬけた。

ぐんと蒼白い刃が伸び、その先端が真壁の左胸に突きたった。

「うぐ……な、なんじゃと」

刃はずずっと真壁の肉に食いこみ、背中に突きぬけた。

引きぬかれた瞬間、凄まじい血飛沫が噴きだした。

「くえっ」

咄嗟に三左衛門が身を屈めるや、血飛沫は背後に佇む刈谷の全身を真紅に染めた。

意思を失った真壁六郎太のからだが、仰向けにどうっと倒れてゆく。

三左衛門は地べたに尻をついたまま、刈谷を見上げた。

「おい」

呼びかけても、返事はない。

血達磨《ちだるま》の刈谷は身じろぎもせず、血走った眸子を瞠《みは》っている。

金のために人を裏切り、良心の疼《うず》きを感じて踏みとどまった。

悪党に義理立てする必要はない。悪事の報いは死で償《つぐな》わねばならぬ。

痩せ犬が旗本に引導を渡してやっただけのはなしだ。

「刈谷、おぬしは命の恩人だ」

三左衛門は、赤鬼のような男に礼を言った。

「礼なぞ言うな」

「その顔、閻魔堂橋の獄卒《ごくそつ》だな」

「言うな、何も言わんでくれい」

人をはじめて斬ったのだ。

刈谷又兵衛は涙目になり、全身の震えを抑えかねていた。

九

不審死を遂《と》げた真壁六郎太は病死扱いとされ、実弟が真壁家の跡継ぎとして容認されるはこびとなった。

旗本殺しは大罪ゆえ、通常ならば捕り方が総出で探索に動くはずであった。が、従前より素行の悪さを指摘されていた真壁の死は、公儀によって黙殺された。

目付筋《めつけすじ》からは「厄介払《やっかいばら》いができた」との囁きも聞こえてきた。家人も家名存続を最優先し、探索願いを出そうとはしなかった。

一方、高利貸しの竹之市は幕府への反逆罪という仰々《ぎょうぎょう》しい罪名を科され、伝馬町《てんまちょう》の牢屋敷に入れられた。

近く、白洲《しらす》にて打ち首獄門《ごくもん》の沙汰《さた》が下されるにちがいない。

反逆罪の根拠となったのは、座頭屋敷の土蔵に山積みにされた刀剣類だった。蔵を調べるようにとの訴えがあったらしい。無論、借金のカタに取った代物であろうことは容易に想像できた。しかしながら、悪徳高利貸しが雨後の筍《たけのこ》のごとく増えつつある情況を鑑《かんが》み、竹之市には厳しい罰が科されることとなった。町奉行所にしてみれば一罰百戒の意図があったのだろう。

七夕《たなばた》も間近に迫った。

長屋は井戸替えの支度で忙《せわ》しない。

そうした折り、刈谷がひょっこり訪ねてきた。

閻魔堂橋の一件以来のことだ。

おまつはおきちに乳を飲ませ、三左衛門は団扇をゆらゆらさせている。

夏越の祓いも済み、夕暮れに吹く風も少し涼しくなったが、暑さはまだ厳しい。

刈谷が所在なげに佇んでいると、おまつが膝を突っついた。

「お困りのようだよ。おまえさん、行っておやりな」

おまつは何も知らないはずなのに、すべてを知っているような顔をしている。

三左衛門は黙って尻をあげ、外へ出るなり、ぶっきらぼうに言いはなった。

「何か用か」

「おぬしに、ちと付き合ってほしい」

「付き合う、どこへ」

「光明寺だ」

それだけで、刈谷の意図はわかった。

我が子を迎えにゆく腹を決めたのだ。

三左衛門は頷き、先に立って歩みはじめた。

ふたりのあいだには、重苦しい空気が流れている。

会話もなく、芝口、愛宕下と歩みをかさね、切通の下までやってきたところで、刈谷が我慢できずにはなしかけてきた。

「待ってくれ。わしは端金《はしたがね》を得るために、おぬしを裏切ろうとした。さぞや、怒っておろうな」

「別に」

「嘘を吐け」

「嘘ではない。おぬしはわしの命を助けてくれたのだ。されど、わからぬ。なぜあのとき、人殺しまでしてわしを救ったのだ」

「おぬしは言ってくれた。ちびのため、わしには人斬りはさせぬと。あのことばが胸に沁みたのよ。友でなければ、ああは言えぬ」

「友、わしがか」

「そうだ。人と人との付き合いは、時の長さではない。ふれあいの濃さによって、関わり方は決まる。おぬしという男に出逢って、わしは目覚めた。貧乏でも心を豊かに保てば、楽しく生きてゆけることを学ばせてもらった」

「やっと、あたりまえのことに気づいたか」

「そこでな。ちびを迎えにいこうと決めたのだが、いざ、光明寺まで来ると最後の一歩が出てこない。おぬしに背中を押してもらいたくてな」

「おやすい御用だ」

ふたりは切通の急坂を登りつめ、光明寺の境内までやってきた。

「こんなすがたの父をみて、ちびはがっかりせぬだろうか」

「子供の目は侮《あなど》れぬもの。おぬしの風体をみれば、どのような暮らしぶりか、即座に見抜くであろうな」

「やはり、そうか」

「よいではないか。ありのままの自分をさらけだすのだ。真正面からぶつかってゆけば、わかってくれるさ」

「真正面から」

「ああ。我が子と向きあい、一から生きなおす気概をみせてやれ」

「わ、わかった」

軽く背中を押してやると、刈谷は脅えたように歩みだした。
西の彼方は茜《あかね》に染まり、甍《いらか》のうえでは嘴太鴉が鳴いている。
庫裏《くり》のほうから小坊主があらわれ、竹箒で甃を掃きはじめた。
一心不乱に箒を動かす小坊主が、ふと、顔をあげた。
夕陽を浴びながら、眩《まぶ》しそうに一点をみつめている。
ぱっと、顔が輝いた。
「父上」
小坊主は箒を捨て、だっと勢いよく駆けだした。
風のように参道を駆けぬけ、まっすぐ父親の胸へ飛びこんでゆく。
暮れ六つを報せる時の鐘が、やけに大きく聞こえた。
「ふん、案ずることなど少しもないわ」
踵を返す三左衛門の目には、光るものがあった。

酔芙蓉《すいふよう》

一

朝に咲いた白い花が午《うま》ノ刻（正午）を過ぎると赤く変わる。

ほんのり赤く染まったおつやの顔を眺めながら、半兵衛は「酔芙蓉のようじゃの」と満足げに頷いた。

夏の陽射しによく映えた凌霄葛《のうぜんかずら》は終わり、薄紅色の錦糸《きんし》を束ねた合歓《ねむ》の花が朝露《あさつゆ》に濡れる艶姿《あですがた》も消えた。闇のなかで濃厚な香りを放つ山梔子《くちなし》は疾《と》うに散り、純白の夏椿も首を落とし、地面の一隅を赤や黄で染めた松葉牡丹《まつばぼたん》も枯れてしまった。夏の終わりを彩《いろど》った花木は役割を終え、庭には今、桔梗《ききょう》や女郎花《おみなえし》が咲きはじめている。

なかでも、朝に咲いて夕には萎《しぼ》む早咲きの芙蓉は、おつやの心を魅了《みりよう》した。その可憐な儚《はかな》さのなかに、みずからの生きざまをかさねあわせ、ようやくつかんだ幸せが永劫《えいごう》につづくようにと、胸の裡《うち》で祈らずにはいられない。

「おつや、今宵は初物《はしり》の茄子《なす》を買《こ》うて丸煮にでもするか」

「はい」

ここは不忍池《しのばずのいけ》に近い下谷同朋町《したやどうぼうちよう》、徒組《かちぐみ》組屋敷の連なる横丁の一角に、以前は商人の妾宅だったという小綺麗《こぎれい》な平屋があった。

主人《あるじ》の八尾半兵衛は縁側で盆栽《ぼんさい》をいじりながら、午後の燗酒《かんざけ》を愉《たの》しんでいる。

「おつや、もそっと、どうじゃ」

「それなら、少しだけ」

おつやは小柄でふっくらした三十女だ。はっとさせられるような美人ではない。目は糸のようにほそく、鼻はつんとうえをむいている。だが、吸いつくような餅肌《もちはだ》をしており、微笑《ほほえ》むと両頬に笑靨《えくぼ》ができた。

出逢ったばかりのころ、半兵衛はこの顔を愛くるしいと言ってくれた。

「ほれ、酔うがいい」

灘《なだ》の下り酒を注がれ、猪口《ちよこ》をそっとかたむける。

燗酒が胃の腑《ふ》に沁みこむと、艶やかな頰がいっそう赤くなった。下戸《げこ》ではないが、強いほうではない。でも、半兵衛の注いでくれた酒なら、いくらでも呑めそうな気がする。

おつやがこの屋敷に来たのは、三年余りまえのことだ。

それまでは、千住宿《せんじゅしゅく》の「布袋屋《ほていや》」という旅籠《はたご》で飯盛女《めしもりおんな》をやっていた。

あるとき、巡礼装束《じゅんれいしょうぞく》の半兵衛が不意に訪れ、草鞋《わらじ》を脱ぐこととなった。長年連れそった妻に先立たれ、回向《えこう》にむかった日光詣《にっこうもう》での帰路だという。

詳しい事情を聞かずとも、おつやには半兵衛の淋しさが手に取るようにわかった。旅人を長年観察していると、何気ない表情や仕種《しぐさ》ひとつで、その人の歩んできた人生の道筋が瞼《まぶた》の裏に浮かんでくる。

半兵衛の淋しさは尋常ではなかった。

老いを知り、群れを離れてひとり静かにこの世から消えゆく。覚悟を秘めた孤独な男の背中をみつめ、おつやは心で泣いていた。

肺腑《はいふ》を患《わずら》い、長い闘病のすえに逝《い》った父の面影をみたのだ。

一晩中、心を込め、半兵衛の疲れたからだを揉みほぐしてやった。

深い情が通じたのか、半兵衛は逗留中《とうりゅうちゅう》、おつやを片時も離さなかった。

そして、いざ旅籠を発《た》つという前夜、おもいがけない台詞《せりふ》を口にした。

——いっしょに住まぬか。

考える暇も与えてもらえず、半兵衛は抱え主に「おつやを身請《みう》けしたい」との意向を伝え、けっして安くない身請金を払ってくれた。

こうした経緯ののち、おつやは夢見心地で千住をあとにし、下谷同朋町の屋敷へやってきたのだ。

四《よ》つ目垣《めがき》をたどって簀戸門《すどもん》を抜けると、綺麗な花木で埋めつくされた中庭に出た。棚がいくつも設けられ、変わり朝顔や万年青《おもと》などの鉢植えが所狭しと並んでいた。それらはみな、半兵衛が丹精《たんせい》込めて育てあげたものだった。

あとで知ったことだが、どれも好事家垂涎《こうずかすいぜん》の鉢物にほかならなかった。

半兵衛は長らく町奉行所の風烈《ふうれつ》見廻り同心をつとめてきたが、跡継ぎに恵まれなかったこともあり、御家人《ごけにん》株を売って隠居した。今では鉢物名人として知られ、悠々自適《ゆうゆうじてき》の暮らしを送っているのである。

そうしたはなしも、この屋敷で暮らしはじめてから徐々に知ったことだ。

「おつや、鯖《さば》が食いたいな」

「鯖ですか」

「ふむ、むかしは盆の中日になると、双親《ふたおや》の息災を祝うて鯖を食うたものさ。生身魂《いきみたま》の祝いじゃ。背開きにした鯖を塩漬けにし、二枚重ねてひと刺しにする。それを供《きよう》するのよ」

貧乏な小作人の家に生まれたおつやは、中元に鯖など食べたこともない。

「文月《ふづき》は刺鯖《さしさば》にかぎる。おつや、あとで買うてまいれ」

「はい」

還暦《かんれき》を過ぎた皺顔《しわがお》の老人が、おつやには生き仏にみえる。

飯盛女だった自分を、なぜか好いてくれ、身請けまでしてくれた。

出逢ったときから今日まで、生涯で最上の幸せを嚙《か》みしめながら過ごしてきた。

それだけに、かえって不安はある。

こんなに幸せでよいのだろうか。

いつかは飽きられ、捨てられるのではないか。

それならいっそ、いつ捨てられても本望だと覚悟を決めておいたほうが気は楽かもしれない。

「おつやよ」

「はい」

「何を考えておる」

「いいえ、何も」

「さようか。わしはな、こうして運良く長生きさせてもろうておるが、刺鯖で祝うてくれる子もおらぬ。なれど、淋しくはない。つれあいにも死なれたがな、おぬしというおなごにめぐりあえた。おぼえておるか、おぬしにはじめて出逢った晩のこと」

　忘れるはずはない。満月のきれいな夜だった。

　おつやはほとんど口も利かず、ただ静かに微笑みながら酌《しゃく》をし、褥《しとね》に移ってからは半兵衛のからだを揉みほぐしてやった。

「満月がわしらを結びつけてくれた。あの晩のことは忘れられぬ。生涯でいちばんの思い出じゃ」

　さして酔うてもおられぬのに、どうして、今さらそんなことを仰《おっしゃ》るのだろう。

　妙に優しい半兵衛の態度に、おつやは不安を募らせた。

　おもいあたる節はある。今月の十日、浅草寺《せんそうじ》へ四万六千日《しまんろくせんにち》の観音詣《かんのんもう》でにいった
あたりから、少し様子が変わった。ひとりで鬱《ふさ》ぎこむことが多くなり、日課の散

歩も滞《とどこお》りがちになった。当初はからだの変調を案じたが、病気ではないらしい。この頃では、早朝に碁《ご》を打ちにゆくと言っては夕刻まで帰らず、夜釣りに出掛けると言っては朝帰りを繰りかえす。

何か、のっぴきならない事情があるのだ。できることなら、打ちあけてほしかった。

千住宿でなかば死にかけていた自分は、半兵衛に生きる希望を与えられた。もったいないはなしだと、今でもおもっている。半兵衛のためなら、どんなことでもできる。この身を犠牲にしてもかまわない。

出ていけと言われれば、すぐに屋敷を出ていく覚悟もできている。だからこそ、知りたいのだ。何があったのか。

でも、半兵衛は何も告げてくれない。語りたくないのだろう。

聞くまい。

知るまい。

が、そんなふうにおもえばおもうほど、知りたい気持ちは抑えきれなくなってくる。

けっして目立たず、いつも静かに微笑んでいたかった。できることなら、野辺《のべ》にひっそりと咲く酢漿《かたばみ》のようなものでありたいと望みつつも、一方では半兵衛の悩みを分かちあいたいと願っている。

ともに暮らし、愛おしさが深まるにつれ、おつやは自分の素直な気持ちを相手に伝えたい衝動に駆られていた。

いけない。いけない。厚かましい望みを抱いてはいけない。

ただ、胸の裡で何度も呼びかけてみた。

――旦那さま、旦那さま。どうかわたしを、ずっとずっと、そばに置いてください。

半兵衛はとみれば、盃を握ったまま柱にもたれ、浅い眠りに落ちていた。

二

翌夕、半兵衛は「夜釣りにゆく」と言いすて、継竿《つぎざお》を片手に家を出た。

いけないこととは知りつつも、おつやは御高祖頭巾《おこそずきん》をかぶり、半兵衛の背中を追った。

釣りならば忍川《しのぶがわ》に沿って歩み、三味線堀《しゃみせんぼり》へとむかうはずだ。

そうであってほしいと祈りつつ、慎重にあとを跟《つ》けた。

いったい、自分は何をしているのだろう。

これは歴《れっき》とした半兵衛への裏切りではないか。

罪の意識と恥ずかしさで、身も裂けんばかりであったが、知りたいという欲求に打ちかつことはできなかった。

暮れ六つ（六時）の鐘が捨て鐘を撞《つ》いたころ、半兵衛は三味線堀の縁《ふち》までやってきた。

やはり、釣りなのだ。

そうおもった途端、安堵の溜息が漏れた。

「もう帰ろう」

おつやは、あらためて自分の行為を恥じた。

ところが、半兵衛は三味線堀の裏へ抜け、釣り竿を手に提げたまま、武家屋敷の集まる通りへ出た。さらに、元鳥越町《もととりごえちょう》から寿松院《じゅしょういん》の門前町へむかい、新堀《しんぼり》に架かる幽霊橋《ゆうれいばし》をも渡って新旅籠町《しんはたごちょう》に行きついた。

「旦那さま、どこへいらっしゃるのです」

おつやは心ノ臓を高鳴らせながら、半兵衛の背中を追った。

気づいてみれば、空に月がのぼっている。
見失いかけるたびに、小走りになった。
もはや、蔵前大路《くらまえおおじ》は近い。
森田町《もりたちょう》や元旅籠町には、札差《ふださし》の蔵宿《くらやど》がずらりと軒を並べている。
半兵衛は四つ辻をひょいと曲がり、横丁の細道をすすんでいった。
そして、古びた冠木門《かぶきもん》のまえで足を止めた。
同時に、おつやも足を止める。
天水桶《てんすいおけ》の陰から窺っていると、半兵衛は躊躇《ちゅうちょ》しながら門脇へ歩みよった。
冠木門の向こうには、下谷同朋町の屋敷に似た平屋の佇《たたず》まいが並んでいる。
半兵衛が板戸を敲《たた》くと、しばらくして、薄化粧の女が顔を出した。
「あ」
おつやは小さく声を発し、口を押さえた。
年は二十三か四、色白で細面の美人である。
所作は淑《しと》やかで、あきらかに武家の女だった。
どことなく、粋筋風の色香もただよわせている。
いずれにしろ、女は半兵衛の来訪を待ちかまえていた。

親しげに微笑み、耳もとに口を寄せて何事かを囁《ささや》いたのだ。
親密なふたりの様子に打ちひしがれ、おつやは動くこともできなかった。
おそらく、あの若いお方と男女の仲になってしまったのだろう。
おつやは、がっくり項垂《うなだ》れた。
口惜しさもなければ、嫉妬《しっと》もない。
そうした感情を抱く資格など、自分にはないのだ。
所詮《しょせん》、千住の飯盛女、半兵衛につりあう女ではない。
身を引こう。
ここまで大事にしてもらったことを感謝しながら、下谷同朋町の屋敷から去ろう。
心の隙間を、虚しい風が吹きぬけてゆく。
おもいつめたら、涙が出てきた。
未練であろうか。
「旦那さま」
袂《たもと》で涙を拭き、物蔭から抜けだした。
俯《うつむ》き加減で塀際をすすみ、四つ辻を曲がる。

と、そこに、裾を端折《はしょ》った折助風《おりすけ》の男が立っていた。

「うおっと」

男は驚いた声を発し、金壺眸子《かなつぼまなこ》を剝《む》いた。

「気をつけろい」

「す、すみません」

おつやは蚊《か》の鳴くような声で謝り、脇を擦りぬけてゆく。

「おい、待て」

呼びとめられ、振りむいた。

「な、何か」

正面から眺めると、男は鼻がひん曲がっている。

「おめえ、あの屋敷の女か」

男が指を差したのは、半兵衛が消えた屋敷だった。

「い、いいえ」

おつやは目を伏せた。

「ならいい、とっとと失せやがれ」

おつやは軽く会釈をし、その場から足早に去った。

恐くて足を止められない。新旅籠町の抜け裏を抜け、幽霊橋の手前にやってきたところで、ようやく後ろを振りむいた。

誰もいない。

闇が蹲《うずくま》っているだけだ。

「どうしよう」

胸騒ぎがした。

悪党をみる目には自信がある。

さっきの男は十中八九、小悪党にまちがいない。

そいつの指差した屋敷に美しい女が住んでおり、半兵衛は導かれるように冠木門の向こうへ消えていった。

もはや、平常心ではいられない。

「捨てられる、わたしはきっと捨てられる」

困窮《こんきゅう》しか知らない幼いころの思い出と飯盛女の不幸な日々、幸薄い半生が疑《ぎ》心暗鬼《しんあんき》にさせたのかもしれない。

おつやには、物事の真実がみえなくなっていた。

三

　翌日の午後、照降町から浅間三左衛門が手土産《てみやげ》をぶらさげ、ひさしぶりにやってきた。

　半兵衛はたいそうなはしゃぎようで、さっそく憎まれ口を叩いた。

「久方ぶりの手土産が四文の冷水《ひやみず》だとよ。おつや、この男に肴《さかな》はいらぬ。ついでに酒もいらぬぞ。酢でも出しておけ」

　冷水とは甘露《かんろ》に白玉を沈ませた菓子、たった四文で涼を愉しむことができ、おつやの好物であった。

　そのことを、三左衛門は憶えていてくれたにちがいない。

　おつやは嬉しくなり、弾んだ心持ちで酒肴《しゅこう》の支度をしはじめた。

「おつやどの、おかまいなく」

　三左衛門はいつも屈託《くったく》なく笑い、いかにも美味《うま》そうに酒を呑む。

　毒のある半兵衛の台詞も受けながし、飄々《ひょうひょう》としている様子がおもしろい。

　以前、ひとりだけ、似たような雰囲気の侍をみたことがあった。

　何年もまえのはなしだが、印象深いので憶えている。

蚤《のみ》一匹殺せそうにない侍で、月代《さかやき》を青々と剃っていた。月代侍は不運なことに、宴席で浪人同士の喧嘩に巻きこまれた。対峙《たいじ》したふたりはたがいを罵《のの》り、白刃を抜いた。旅籠全体が騒然とするなか、平然とすすみでた月代侍は、紫電一閃《しでんいっせん》、抜き際のひと振りで浪人ふたりの髷《まげ》を飛ばしてみせた。

居合わせた布袋屋の主人は腰を抜かし、番頭に謝礼の金子《きんす》をもってこさせた。月代侍は謝礼を断り、夜の明け初めぬうちに、何処《どこ》かへ旅立っていった。たしか「楠木某《くすのきなにがし》」と名乗ったが、ひょっとすると、あれは浅間さまだったのではないかと、おつやはいつもおもう。

どこにでもあるような顔のため、似ているとしか言えない。月代を剃っていたこともあり、同一人物かどうかの見極めがつかない。確かめてみたい気もするが、問いかける勇気はなかった。

半兵衛を差しおいて、半兵衛の客にはなしかけることなど考えられない。ましてや、ふたりは馬が合う。憎まれ口を叩きあっても、根っ子のところでは信頼しあっている。三左衛門はいざ知らず、人嫌いの半兵衛にしてはめずらしいことだ。

そうとなれば、なおさら、勝手にはなしかけることはできなかった。

「おつや、この男はな、子守り好きの腑抜《ふぬ》け侍になりおったわ。赤ん坊を負ぶうて、羆《ひぐま》のように露地裏をうろついておるらしい。ほれ、近くに来て嗅いでみい。乳臭かろうが、のう、ぬひゃひゃ」

照れる三左衛門が、何やら可愛らしくみえた。

相談をもちかければ、たぶん親身になってくれるだろう。

が、おつやにはできなかった。

甍《いらか》で鴉《からす》が鳴いている。

空が夕焼けに染まるころ、三左衛門は帰っていった。

入れかわりに、六尺豊かな偉丈夫《いじようふ》がのっそりあらわれた。

「伯父上、ごぶさたしております」

黒の絽羽織《ろばおり》に小銀杏髷《こいちようまげ》、南町奉行所の定町廻りをつとめる八尾半四郎である。

半兵衛にとっては亡くなった弟の子、父親譲りの無骨な性分を好み、本気で養子にしたいと考えたこともあったが、かなわなかった。

一方、半四郎にとって半兵衛は口うるさい伯父だが、いざというとき、頼りになる人物でもある。ゆえに、月に一度は様子伺いにやってきた。

この頃は訪ねてくる回数も増えたので、半兵衛は喜んでいる。

　これには、明快な理由があった。

「雪乃《ゆきの》のせいじゃな」

「滅相《めっそう》もござりません」

「赤くなりおって、正直な男だ。そんなふうじゃから、雪乃に舐められるのよ」

「伯父上、どういうことです」

「頼りにならぬ木偶《でく》の坊《ぼう》にみえるということじゃ。おぬしには遊びがない。もうすぐ三十であろうが。廓《くるわ》遊びのひとつもできぬようでは、おなごは振りむかぬぞ。わかるか、男にも色気が必要なのじゃ。わしがおぬしの年のころは、もちっとおなごにもてたぞ。根津《ねづ》や音羽《おとわ》の界隈《かいわい》を歩んでおると、はあさん、ちょいとお寄りくださいましな、なんぞと袖を引かれてのう、往生したものよ」

「伯父上、そのはなしは先日もお聞きしました」

「莫迦者《ばかもの》、わしが言いたいのはな、雪乃に惚れられる男になれということじゃ」

「余計なお世話です。それより、例の件ですが」

「ん、何の件じゃ」

「困りますなあ、例の件ですよ」

　半四郎はそう言って、おつやのほうをちらりとみた。

半兵衛もようやく気づき、わざと咳きこんでみせる。

「おうおう、そうであった。で、どうじゃった」

「怪しい者がおります」

「ほう」

「名を申せば、伯父上もおわかりになるはず」

「ふん、さようか」

会話はそれきり、ぷっつり途切れた。

重苦しい沈黙に耐えかね、おつやが奥の勝手場に逃れると、ふたりはぼそぼそと密談しはじめた。

いつもは何ともおもわないのに、今日ばかりは除《の》け者《もの》にされたような感じだ。

例の件とは何なのか。

ひょっとして、新旅籠町の武家屋敷に住むお方と関わりのあることなのか。

おつやは、どうしても知りたくなった。

が、半四郎に相談はもちかけられない。

あのお方に、嫉妬しているのだろうか。半兵衛に捨てられたくないという往生際の悪さが、おそらく、悩みの原因《もと》なのだ。

そうした心根の醜さを、半四郎に見透かされるのが恐かった。

知りたいとおもいながら、どうすることもできない。

自分がもどかしく、情けなくなってくる。

「おつや、おつや」

縁側から声がした。

「般若湯《はんにゃとう》はまだか、早《はよ》うもってまいれ」

辞去しようとする半四郎を引きとめ、半兵衛が叫んでいる。

おつやは燗酒とありあわせの肴を盆に載せ、滑るように板の間をすすんだ。

四

翌日、朝餉《あさげ》の終わったころ、半四郎の想い人が訪ねてきた。

「おう、雪乃、よう来たな」

半兵衛は、毎度のように鼻の下を伸ばした。

雪乃は二十三。いつも美しく、凜《りん》としている。

腰に大小を差した男姿であらわれることも多いが、今日は島田髷《しまだまげ》を結い、裾模様に桔梗をあしらった艶《あで》やかな着物を纏《まと》っていた。

直参《じきさん》の徒目付《かちめつけ》の娘であったが、恵まれていたわけではない。幼い時分に母を労咳《ろうがい》で亡くし、道場主でもあった厳格な父の手で育てられた。琴《こと》や茶や花ではなく、剣の道を仕込まれた。さる雄藩の奥向きで剣術指南役の別式女《べつしきめ》をつとめたこともある。ことに、弓術の技倆《ぎりよう》は図抜けていた。

なるほど、武道をきわめたせいか、所作に隙がない。

一昨年の秋から南町奉行筒井紀伊守《つついきいのかみ》直属の隠密に任じられ、特命を意気に感じて奔走《ほんそう》するすがたは清々《すがすが》しいものに映った。

ただ、さすがに役目は難しいとみえ、眉間《みけん》に皺を寄せた顔をみせるときも一度ならずあった。ここを訪れる理由は、予想だにしない壁にぶつかったとき、半兵衛に的確な指針を与えてもらえるからだ。

半兵衛のほうも、頼られるのはまんざらでもない。生き字引のようなものだから重宝なのだろうと自嘲しつつも、雪乃の来訪を心待ちにしている様子がありありと窺えた。

できれば、半兵衛としては、甥《おい》の半四郎と雪乃をいっしょにさせたいのだが、ひと筋縄でいかないことはよくわかっている。半四郎がぞっこんなのにくらべて、雪乃の気持ちはいまひとつはっきりしない。

そもそも、雪乃には他家へ嫁ぐという考えがないのだ。

「まあ、座るがよい。般若湯でも舐めて気を楽にいたせ」

「はい」

雪乃は素直に頷き、縁側にあがって正座した。

おつやは手際よく、燗酒と肴を出してやった。

「かたじけのう存じます。おつやさんにはいつもご迷惑ばかり」

「もったいないことを仰いますな」

丸盆を胸に抱えこみ、おつやは身を縮めた。

年下だが、雪乃のことを心から尊敬している。男にさえできぬたいせつな役目を担い、日夜、命懸けで正義のために尽力してくれているのだ。おつやにとってみれば、雲上《うんじょう》の存在に等しかった。

半兵衛は酒をすすめながら、何気なく語りはじめた。

「役目も大事じゃが、所帯をもつのもいいものじゃぞ。ましてや、家同士の結びつきなんぞにとらわれず、好いた者同士がいっしょになるなら、これに勝る幸せはあるまい。そこで訊くが、おまえさん、半四郎のことをどうおもっている」

「どうとは」

「好きか、それとも」

「好きです」

間髪《かんはつ》を容《い》れず、きっぱりと言いきり、雪乃は我に返ったように頬を紅潮させた。

般若湯のせいではない。はずみで本心を漏らしてしまい、恥じらっているのだ。

「ほう、そうか」

半兵衛は、拍子《ひょうし》抜《ぬ》けした顔で酒を注ぎたす。

雪乃は覚悟を決めたように、すっと盃を干した。

「よい呑みっぷりじゃ」

「ありがとう存じます。ご隠居さま、雪乃は添いとげるとすれば、半四郎さまをおいてほかにはないと考えております」

「まことか、あやつが聞いたら、そっくりかえって狂喜いたすぞ」

「ただし、この気持ちは口が裂けてもお伝えできませぬ」

「なぜ」

「半四郎さまのお気持ちを、もてあそぶことになるからです」

「もてあそぶ」

「はい。半四郎さまに貰っていただけたとしても、かりにそうなれば、今のお役目を辞めねばなりませぬ。わたくしは辞めたくないのです」

「お役目が、それほどおもしろいか」

「はい」

「おなごの身でなあ」

「お奉行さまは、さまざまな難題を課されます。それは、ご信頼いただいている証明《あかし》だとおもうのです。おなごのわたくしがかようにのぞまれ、やり甲斐《がい》を感じることのできる場は他にござりませぬ」

「わからんでもないがな、世のため人のために身を削るよりも、好いた男に尽くすほうが幸福《しあわせ》ではないのか」

「さような気もいたします。でも、そうした生き方は、わたくしの性に合わぬのです」

「ふうむ」

中途半端な期待を抱かせたら、半四郎に迷惑が掛かる。

だから、黙っていてほしいと、雪乃は念を押した。

「哀れなやつよ」

こんなことなら、嫌いだときっぱり拒まれたほうがましかもしれぬ。

ふたりの行く末は厄介なことになりそうだなと、おつやはかたわらでおもった。

女の生き甲斐は好いた男に尽くすことだと、おつやは信じている。世の中には、そうしたくともできない女が大勢いるのに、雪乃はまったく次元のちがう場所で生きている。

眩《まぶ》しかった。

凜とした態度で想いを語る女の横顔が、眩しくて仕方ない。

雪乃は訪ねてきた趣旨《しゆし》を告げもせず、早々に腰をあげた。

おつやは簀戸門の外まで見送りに出て、去ってゆこうとする背中を呼びとめた。

「あの、お待ちを」

ふわりと振りむいた雪乃が、慈愛の籠もった笑みを浮かべた。

「どうかなされたの」

「い、いいえ。何でもありません」

「もしや、わたくしのことを案じてくだすったの」

雪乃は、うまいぐあいに誤解してくれたようだ。

おもわず、おつやは口走った。

「差しでがましいようですが、わたし、半四郎さまのお気持ちが痛いほどわかるんです」

「半四郎さまの」

「はい。たとえ、恋い焦がれるお方に振りむいてもらえずとも、お慕いするお気持ちは少しも変わらない。むしろ、振りむいてもらえぬとなれば、なおさら、気持ちが離れられなくなってしまう……す、すみません。わたし、何を言っているのでしょう」

「おつやさん」

雪乃はつっと身を寄せ、優しげに語りかけてきた。

「何か、お悩みでもおありなの」

「と、とんでもございません。悩み事など、あろうはずも。わたしのようなものを、旦那さまはだいじにしてくださいます。雪乃さま、お引きとめしたうえに、分もわきまえず勝手なことを申しました。どうか、お忘れください」

「いいんです。ありがとう。おつやさんの仰ることも、わかるような気がいたします。わたくしはいつも自分のことばかり、相手のお気持ちを察する余裕もありません。いけないわね、こんなことでは」

雪乃は普賢菩薩《ふげんぼさつ》のように微笑み、艶やかに袂をひるがえす。

おつやは俯いたまま、顔もあげられずにいた。

全身から力が抜け、その場に頽《くずお》れそうになる。

ずいぶんと、生意気な口を利いたものだ。

半兵衛が知ったら腹を立てることだろう。

「雪乃さま、ごめんなさい」

おつやは、悲しくなった。

五

それからというもの、半兵衛は毎晩のように「夜釣り」へ出掛けていった。

だが、おつやはあとを跟けたりはしなかった。

どうせ、行き先はわかっている。気鬱《きうつ》になるだけのことだ。

しばらくのあいだは、様子眺めといこう。一時の心迷いということもある。ただの浮気なら、許してやればよいだけのはなしではないか。

少しは心構えもできかけたある昼下がりのこと、ひとりの男が下谷同朋町の屋敷を訪ねてきた。

風体は折助風、男の顔をみた途端、おつやは息を呑んだ。

鼻が曲がっている。

あの男だ。

おつやをじろりと睨《にら》みつけ、男は慇懃《いんぎん》な態度で口上を述べはじめた。

「手前は駿河台《するがだい》にある稲葉長門守《いなばながとのかみ》さまに仕える小者で、三代治《みよじ》と申しやす。ご家老さまよりご書状を預かってめえりやした。こちらのご隠居さまにお取りつぎ願えやせんでしょうか」

「主人はただ今、留守にしておりますが」

三つ指をつくと、三代治と名乗る鼻曲がりは、すっと腰を屈めた。

「あの、奥方さまで」

「いいえ、手伝いの者です」

「手伝いのお方が表の応対に。そいつはおかしいな。奥方さまでござんしょう。それとも、あれですかい、お妾さんで」

不躾《ぶしつけ》な態度でものを言い、にやにや笑う。

「そのようなものです」

面倒なので、そう応じてしまった。

三代治はにやりと、薄気味悪く笑う。

「それじゃ、まあひとつ、このご書状をご隠居さまにお渡し願えやすかい」

「うけたまわりました」

おつやは、わずかに震える手で書状を預かった。

心ノ臓が飛びだしそうになるところを怺《こら》え、表情を変えぬように心懸ける。

三代治が門の外へ消えたのを確かめ、何をおもったか、背中を追いはじめた。

稲葉長門守の小者という素姓は、いかにも嘘臭い。

直感でそうおもい、ねぐらを突きとめようとおもった。

三代治は背後を警戒もせず、大股でずんずん先を急ぐ。

下谷広小路に出てからは大路を南にすすむので、見失う心配はなかった。

駿河台に行くには御成街道《おなりかいどう》を南進し、神田川《かんだがわ》に架かる昌平橋《しょうへいばし》を渡らねばならない。

ところが、三代治は途中で横丁に逸れ、屋敷町を縫うように通りぬけると、三味線堀へむかった。さらに、三味線堀も通りすぎ、三筋町《みすじまち》と俗称される界隈で歩む速度を落とした。

周囲には大番組《おおばんぐみ》や書院番組《しょいんばんぐみ》の組屋敷が集まっており、西ノ町、仲ノ町、東ノ町と南北に細長い屋敷町が三つある。ゆえに、三筋町と俗称されているのだ。

夕暮れになった。

三代治は北西の一角にむかい、川に面して建つ古びた土蔵のまえで足を止めた。

おもったとおり、大名とは関わりのなさそうな土蔵である。

ふたつ並んで建っており、向かって左手の蔵は真っ暗だが、右手のほうは内側から灯りが漏れ、男どもの下卑《げび》た笑い声が聞こえてきた。

三代治は懐手《ふところで》になり、軽い足取りで右手の蔵に消えた。

おつやは勇気を出し、蔵のそばまで近づいていった。

「ちょいと、おまえさん」

不意に、声を掛けられた。

白塗りの女だ。

「うえっ」

「何だよ、その面《つら》、心ノ臓でも飛びだしちまったのかい」

菰《こも》を抱えた夜鷹《よたか》であった。

「あんた、この蔵に用でもあんのかい」

「い、いいえ。用はありません」

おつやは俯き、夜鷹の脇を擦りぬけようとした。

「お待ちよ、あんたまさか、提重《さげじゅう》じゃないだろうね」

「ちがいます」

岡持《おかもち》を提げ、食い物を売るふりをしながら春を売る。

それなりの着物を纏ったおつやの風体をみれば、提重と呼ばれる売女でないことは夜鷹にもわかるはずだ。

「なら、何のつもりだい。怪しいじゃないか。ここは鉄火場《てっかば》だよ」

「鉄火場」

「ああ、そうさ。さもしい男どもが夜毎寄りつどい、賽子賭博《さいころとばく》に明け暮れる場所さ。番方のお役人衆もお客だよ。蔵んなかは極楽と地獄が背中合わせの吹きだまりさ。あんたみたいな女の来るところじゃないよ」

「すみません」

おつやは平謝りに謝り、うしろもみずに駆けだした。

武家屋敷の塀がうねうねとつづく淋しい道を駆けぬけ、河童《かっぱ》でも出そうな三味線堀もあとにし、忍川沿いの道から見馴れた横丁にたどりつく。

すでに日は落ち、あたりは暗い。

すぐそばに、辻番の軒行燈《のきあんどん》が優しげに灯っていた。

胸には、三代治から預かった書状を握っている。

おつやは軒行燈の真下まですすみ、足を止めた。

いけないこととは知りつつも、震える手で書状を開いてみる。

覚悟を決め、書面にざっと目を通した。

――女を返してほしくば、金二百両を用意せよ。二十日亥《い》ノ刻（午後十時）、鳥越明神境内にて待つ。右他言無用のこと、禁を破れば女の命はない。

これは、脅迫状ではないか。

女とは、新旅籠町の屋敷に住んでいた女のことにちがいない。

何者かに拐《かどわ》かされたのだ。それで、半兵衛は脅迫されている。

あの女のせいで、凶事に巻きこまれようとしているのだ。

阻《はば》まねばならない、という気持ちが膨らんだ。

この書状を、半兵衛に渡してはならぬ。
女は救えずともよい。
半兵衛を危うい目にあわせるわけにはいかない。
膝の震えが止まらず、まともに歩けそうになかった。
おつやは、すっかりまわりがみえなくなってしまった。
半兵衛のことしか念頭にない。
他の誰かに不幸が降りかかろうと、知ったことか。
そう、胸の裡で繰りかえす。
よいのか。はたして、それでよいのか。
二十日の期限まで、三日しか残されていない。
おつやは俯きながら家路をたどり、気づけば自邸の手前の四つ辻まで戻っていた。
あの女が消えたとなれば、半兵衛は家に戻っているかもしれない。
自然と、急ぎ足になった。
「おい、おつや」
不意に声を掛けられ、心ノ臓がどきんとする。

振りむけば、魚をぶらさげた半兵衛が立っていた。

「旦那さま」

「そこで何をしておる」

「はい、夕餉《ゆうげ》の買いだしに」

嘘を吐《つ》いた。

「それなら、生姜《しょうが》を忘れるなよ、ほれ」

半兵衛は童子のように笑い、手にした魚を掲げてみせた。

「鯖じゃ。今宵は煮て食おうぞ」

「はい」

半兵衛のあとを跟け、女の存在を知ってしまったこと。

鼻曲がりの三代治から預かった書状を、盗み見てしまったこと。

何もかもが夢であってほしいと、おつやは願わずにいられなかった。

六

翌、十八日。

眠れぬ夜が明けた。

何というだいそれたことをしてしまったのか。

半兵衛宛ての書状を勝手に読み、しかも、渡さずにいるのだ。

このまま放っておけば、あの女は死んでしまう。

女が死ねば、半兵衛は悲しむにちがいない。

どのような事情があるにせよ、半兵衛が悲しむすがただけはみたくなかった。

だからといって、書状を渡してしまえば、最愛の人が危険にさらされることになる。

だめだ。書状を渡すわけにはいかない。

ならば、どうすれば。

おつやは、飯も咽喉《のど》に通らぬほど悩みぬいていた。

一方、肝心の半兵衛はとみれば、縁側でじっと考え事をしているのをのぞけば、いつもと変わらない態度でいる。

もしかしたら、女が拐かされた事実を知らないのかもしれない。

きっとそうだ。そうでなければ、これほど落ちついていられるはずはないのだ。

ああ、どうしよう。

おつやは、罪の意識に打ちのめされた。

同時に、いつぞや、半四郎が語ったことをおもいだした。

定町廻りの甥っ子は「例の件」の探索を口うるさい伯父に依頼されていた。そして「怪しい者」がおり、名を聞けば「伯父上もおわかりになるはず」と告げたのだ。

あれは、鼻の曲がった三代治のことだったのではあるまいか。

ともかく、これ以上、自分ひとりの胸に仕舞っておくことはできない。

おつやは、限界を感じていた。

そして、藁《わら》をもつかむおもいで向かったさきが、数寄屋橋《すきやばし》御門内の南町奉行所だった。

無論、見も知らぬ役人に、これこれしかじかと訴えでるようなまねはできない。

雪乃に助力を請おうとおもったのだ。

が、訪ねてみると、雪乃はいなかった。

戻りを待つのも気が引けるので、言伝《ことづて》を文に託して奉行所に背を向けた。

——三味線堀裏、三筋町乾《いぬい》の蔵。おつや。

なぜか、三代治が消えた蔵の所在を記した。

これも直感にすぎぬが、拐かされた女の所在に結びつく手懸かりになるとおもった。

おつやは京橋《きょうばし》から日本橋までとぼとぼ歩み、北詰めで右手に曲がった。

家路をたどらず、魚河岸に向かったのだ。

さらに、河岸の喧噪《けんそう》を背にしながら、照降町の裏長屋まですすみ、おずおずと木戸の内へ踏みこんだ。

裏長屋には、三左衛門とおまつが住んでいる。

半兵衛の遣いで、何度か訪れたことがあった。

赤ん坊が生まれてからも二度ほど遣いでやってきたが、用事を済ませると、赤ん坊も抱かずに踵《きびす》を返した。

別段、子供が好きなわけではない。

でも、どうしたわけか、無性に赤ん坊を抱きたくなった。

どぶ板を踏み、奥の井戸端にむかう。

すると、おまつがおかみさんたちにまじって洗濯をしていた。

そのかたわらで、三左衛門が赤ん坊を負ぶってうろうろしている。

腹が空いてむずかる子を泣きやませようと、懸命にあやしていた。
「おお、よしよし、おきち、泣きやめ、泣きやまぬと鬼が来るぞ」
時がゆっくりと流れている。
やわらかい木漏《こ》れ陽《び》を浴びた井戸端の光景が、幸福を絵に描いたもののように映った。
おつやは、そっと背をむけた。
自分の居るところではない。
そう、感じたのだ。
木戸を抜け、逃げるように表通りをすすむ。
わけがわからなくなり、歩きながら嗚咽《おえつ》を漏らした。
通行人は誰ひとり気にも留めず、平気な顔で擦れちがってゆく。
おつやの心には「背信」という二文字がくっきり浮かんでいた。
わたしは、旦那さまを裏切った。
旦那さまのそばにいてはいけない女なのだ。
そうおもうと、涙がこぼれて仕方ない。
神田川を渡り、御成街道をまっすぐすすみ、下谷広小路から横丁にはいった。

半兵衛の屋敷が間近に迫っても、涙は止まりそうにない。

やがて、霞《かす》んだ視界に、男がひとり浮かびあがった。

「あ」

鼻曲がりの三代治だ。

薄ら笑いを浮かべ、大股で近づいてくる。

胸倉をつかまれる勢いで、食ってかかられた。

「この女狐《めぎつね》め、てめえ、何者だ」

詰問され、ことばを失った。

「いつぞや、新旅籠町の露地裏で擦れちがったよな。てめえはあんとき、御高祖頭巾をかぶっていやがった。ごまかしても無駄だぜ。おれはな、はっきりおもいだしたんだ」

「人違いです」

「ふふ、調べさせてもらったんだよ。てめえ、千住の飯盛女だったんだろう。けっ、何をたくらんでいやがる。もしや、あれか。てめえ、つつもたせのかたわれか。情夫《いろ》がいるんなら、吐きやがれ」

「そんなもの、おりません」

「ふん、信じられるか。いずれは隠居を亡きものにせしめ、身代を乗っとろうって魂胆《こんたん》だろうが」

三代治は怒声をおさめ、口調をやわらげた。

「どうでえ、おれと組まねえか。な、わるいようにはしねえ」

「莫迦なことは言わないで」

おつやは、首を激しく振った。

「なら、しょうがねえ」

「うっ」

つぎの瞬間、腹に鈍痛を感じた。

当て身を食わされたのだ。

駕籠に乗せられ、どこかへ連れていかれるにちがいない。

おつやの意識は、闇に吸いこまれた。

七

気づいてみれば、蔵の中にいる。

水音が微かに聞こえた。

堀川のそばだ。
三筋町の「鉄火場」にちがいない。
鼠《ねずみ》がちょろちょろ走りまわっている。
真っ暗だ。
黴臭《かびくさ》い。
後ろ手に縛られている。
ふと、人の気配を感じた。
天井に近い小窓から月明かりが射しこみ、蔵の中が仄明《ほのあか》るくなった。
白い顔が、ぽっと浮かびあがる。
「うわっ」
ふたり同時に、声をあげた。
群雲《むらくも》が月を隠し、闇がまたおとずれた。
あの女だ。
目と目が合った途端、すぐにわかった。
「おつやさん、ですよね」
女が喋りかけてくる。

黙っていると、相手の声が掠《かす》れた。

「伯父上に聞いておりました」

「伯父上」

「はい。わたくしは喜代《きよ》と申します。亡くなった伯母《おば》上は、母の姉なんです」

喜代が半兵衛にとって姪《めい》にあたると知り、おつやはことばを失った。

自分のおもいちがいに気づいたのだ。

顔から、血の気がすうっと引いてゆくのがわかった。

「伯父上には、いろいろ相談に乗っていただいたのですよ。何も聞いておられませんか」

「は、はい」

「すると、伯父上は余計な心配を掛けまいと、おつやさんに黙っておられたのでしょう。このようなことになってしまい、ほんとうに申し訳ございません」

謝られるよりもさきに、事情が知りたかった。

「聞いていただけますか」

「是非《ぜひ》、お願い致します」

「まず、わたくしたちを拐かした悪党の素姓ですけど、父を博打《ばくち》に誘った連中にまちがいありません。狙いはお金です。すべての原因は、不甲斐ない父にあるのです」

喜代の父、岡崎勝之進《おかざきかつのしん》は忠義一筋の勘定方だった。

半年前、些細《ささい》なことで役を干され、小普請組入りを仰せつかった。親戚から養子を貰って跡を継がせる段取りは取ったものの、自身は失意に打ちひしがれた。

すっかり人が変わってしまったのをみて、落胆した母も病床に臥《ふ》してしまい、追い討ちを駆けるように、喜代の縁談も流れた。

爾来《じらい》、勝之進は酒に溺《おぼ》れた。

しかも、酒場で偶《たま》さか知りあった折助に誘われ、博打に手を出した。

鴨葱《かもねぎ》にされ、瞬く間に借金がかさみ、首がまわらなくなったのだという。

「わたくしは伯父上にご無理を申しあげ、父を厳しく叱っていただくよう、お願い致しました。伯父上には意見していただいたばかりか、父が夜遊びをせぬようにと、三日に一度は様子見にいらしてくださったのです。おつやさまには淋しいおもいをさせてしまい、このとおり、申し訳なくおもっております。なるべく早いうちに、お伺いせねばとおもっておりましたが、伯父上が固辞なされたこともあり、機会を逸してしまいました」

半兵衛が借金を肩代わりしてやり、勝之進はようやく改心した。

涙ぐんでみせ、もう二度とまちがいはおかさぬと誓ったらしい。

が、悪党どもはおさまらない。せっかくつかんだ金蔓《かねづる》を、手放そうとはしなかった。

「借金のほかに、手切金を要求してきたのです。そちらも、伯父上に用立てていただきました」

ある時払いの催促なしと言われ、不甲斐ない父をもった娘としては穴があったら入りたい気持ちだったという。

「何から何まで、お世話になってしまいました」

それでも、悪党どもはあきらめきれず、狙いを半兵衛に振りむけた。

勾引《かどわかし》という凶行におよび、身代金を要求したのだ。

事情はわかった。

どうにかして、喜代を逃がさねばならぬ。

でも、良い思案など浮かんでこない。

やがて、蔵の扉が重々しく開かれた。

人の息遣いが近づいてくる。

ふたりだ。

手燭《てしょく》を掲げたほうは、鼻曲がりの三代治にまちがいない。

背にしたがう侍は、月代を伸ばした浪人風体の男だ。

年齢は四十前後、左目を固く瞑《つぶ》っている。

隻眼《せきがん》なのだ。

「村木《むらき》さま、こいつが例の女でさあ」

「ふむ」

灯りを向けられ、おつやは顔を背けた。

「千住の飯盛女だったらしいですぜ」

「けっ、半兵衛のやつも妙な趣味をしておる」

「でげしょう。あっしはこいつが女狐だって踏んでおりやす」

「女狐か」

「爺《じじい》の貯めたお宝が目当てなんですよ」

「なるほど、わざと気に入られ、もぐりこんだというわけだな。鼻曲がりの三代治が言うのなら、そうであろうよ」

「裏で糸を引く野郎がおりやすぜ」

「そいつを、吐かせようというわけか」

「へへ、さいです」

「おぬしはただの悪党ではない。岡っ引きまでやった男だ。三代治の責め苦に耐えられる女は、まずおるまい」

「じゃ、さっそく」

三代治が身を寄せると、喜代が叫んだ。

「お待ちください。おつやさんは、八尾半兵衛が三顧《さんこ》の礼《れい》をもって家に迎えたお方です。あなたたちは、何か勘違いをしておられます」

「うるせえ、てめえは黙ってろい」

三代治に平手打ちをかまされ、喜代は土間に転がった。

おつやは後ろ手に縛られたまま、蒼白な顔で項垂れる。

どうにかして、喜代だけでも逃がす方法はないものだろうか。

それにしても、村木という浪人の漏らした台詞が気に掛かる。

半兵衛を従前から知っているような口振りだった。

因縁《いんねん》でもあるのか。

「三代治、半兵衛のやつが餌に食いつくまでは生かしておけ。手加減しろよ」

「承知しておりやすよ」

やはり、半兵衛に恨みがあるのだ。

金だけが目当てなら、ここまで危ない橋は渡るまい。

「女狐め、性根の据わった面構えをしておるわ。われらの目当ては金ではない。元風烈見廻り同心の八尾半兵衛に、いささか恨みがあってな」

村木はぐっと顔を寄せ、固く閉じた左の瞼を指で開いてみせた。

「う」

おつやは仰《の》けぞった。

瞼の裏に眼球はなく、底深い暗渠《あんきょ》があるだけだ。

「驚いたか。十二年前、半兵衛にやられた痕跡よ。三代治の鼻を十手で叩き折ったのも、やつの仕業《しわざ》さ。喜代の父親がとんだ間抜けでな、金を強請《ゆす》りとってやろうとしたら、おもいがけず、半兵衛と繋がった。海老《えび》で鯛《たい》を釣ったようなものさ」

「旦那さまを、どうするつもりです」

おつやは顎を突きだした。

「さあて、どうするかな。ふふ、生け捕りにし、わしとおなじ痛みを味わわせてやろうか。それとも、ひとおもいに死んでもらうか」

十二年前、村木と三代治は世間を騒がせた群盗の一味として追われ、半兵衛と対峙して怪我を負わされたものの、辛《から》くも逃げのびた。

「あのとき、おれたちふたりは死んだ。死んだことにして闇に潜ったからこそ、こうして今も生きている。言ってみれば、今年が十三回忌というわけさ。十三回忌の供養《くよう》を華々しく営むためには、仏壇《ぶつだん》に飾る首がいる。八尾半兵衛の首がどうしても欲しいのよ」

「そんな」

「むふふ、金目当ての女狐が、どうして悲しい顔をする」

村木は不敵に笑い、蔵から出ていった。

「さあ、立て」

おつやは三代治に引ったてられ、蔵の隅に連れて行かれた。

「おつやさん」

喜代の呼びかけが虚しく響いた。

土間には算盤板《そろばんいた》や伊豆石《いずいし》、手鎖《てぐさり》、縄といった責め道具が転がっている。

三代治は真竹二本を麻苧《あさお》で観世捻《かんぜひね》りに巻きしめた鞭《むち》を握り、舌なめずりしてみせた。

「おれは女を責めるのが三度の飯より好きでな」

背後から、荒縄をきつく引っぱられる。

おつやは、がくっと両膝をついた。

「覚悟しな」

着物を乱暴に引きずりおろされ、背中をあらわにされた。

「そりゃ……っ」

「うっ」

鞭の音とともに、鋭い痛みが走りぬけた。

「ふへへ、悲鳴ひとつあげねえとはな。責め甲斐のありそうな女だぜ」

びしっ、びしっと、たてつづけに鞭が振るわれた。

皮膚が裂け、血が滲みだす。

おつやは痛みに耐えつづけた。

死んでも弱音は吐くまいと、歯を食いしばった。

八

どれほどの時が経ったのか。
虚ろな頭で誰かの叫びを聞いていた。
「おつや、おつや」
懐かしい半兵衛の声だ。
もしかしたら、ここはあの世の彼岸《ひがん》かもしれない。
責め苦を受け、半刻(一時間)ほどで意識を失った。
あとは暗闇だ。痛みすら感じなくなった。
誰かと誰かが、扉の外で争っている。
金物のかちあう音も聞こえた。
女の悲鳴と男の呻《うめ》きが重なり、石臼《いしうす》のような扉が開いた。
何人かが、どっと躍りこんできた。
「こちらです、こちらです」
喜代が叫んでいる。
よかった。生きていてくれたのだ。

「立て、早くしろ」

突如、凄まじい力で襟首《えりくび》をつかまれた。

土間のうえを引きずられ、首が絞まりそうになる。

「うぐ、ぐぐ」

必死に藻掻《もが》いても、後ろ手に縛られたままで両手の自由が利かない。

したたかに撲《なぐ》られて瞼は腫れてしまい、視界も利かなかった。

「こっちへ来い」

怒鳴っているのは三代治ではなく、村木のほうだ。

十二年前に捕り方と死闘を演じ、半兵衛に左目を潰された。そのことを逆恨みしている悪党だ。

「退《の》け、そこを退け。さもないと、女の命はないぞ」

村木は、誰かに向かって威嚇《いかく》している。

蔵の扉が開ききった瞬間、射しこんできた陽光に目がくらんだ。

鼻曲がりの三代治が扉の外側にもたれ、ぐったりしている。

少し離れたところに、助けだされた喜代のすがたもあった。

正面には大柄な半四郎と、助っ人の浅間三左衛門が立っている。

みなで救いにきてくれたのだ。

無論、半兵衛もいた。

「おつや、生きておったか」

泣き笑いの顔で、何度も頷いてみせる。

半四郎と三左衛門は白刃を抜き、左右にぱっと分かれた。

「動くな」

村木が怒鳴りあげた。

おつやは、首筋に白刃をあてがわれている。

半兵衛はふたりを制し、静かに口をひらいた。

「村木源《げん》右衛《え》門《もん》、まさか、おぬしだったとはな」

「おぼえておったか」

「忘れるはずはない。おぬしを取り逃がしたことだけが、八尾半兵衛一生の不覚よ」

「腐れ同心の寝首を掻くために、おれはここまで生きながらえてきた。ふへへ、ようやく、その機会にめぐりあえたというわけさ」

「尋常に勝負せよとでも」

「ああ、この女を殺されたくなければな」

「約束しよう。おつやを放してくれたら、一対一で勝負してやる」

半兵衛に向かって、おつやが叫びかけた。

「おやめください、旦那さま」

「ふふ、おつや、でかしたぞ。雪乃への言伝、あれで居場所がわかったのじゃ」

「雪乃さま」

そうだ、言伝を置いてきたのだった。

「黙れ」

「うぐっ」

村木に襟首を捻りあげられた。

「半兵衛、この女、千住の飯盛女だったらしいな。どこに惚れた、言うてみろ」

「おぬしのごとき悪党に、語って聞かせることでもあるまい」

「女狐ならどうする。狙いがおぬしのお宝だとしたら」

「わしの宝は、おつやじゃ。この年になると、金なんぞより人の真心が欲しくなる」

「きれいごとを抜かしよって。女に騙《だま》されておるのがわからぬらしい」

「おつやに騙されるなら本望じゃ。喜んで騙されてやるわい」

「なに」

おつやは泣きたくなった。

もう、死んでもいい。

つぎの瞬間、村木の腕にむしゃぶりつき、自分から白刃に首を押しつけた。

「こ、こやつ、何をする」

「死んでやるのさ」

怯《ひる》む悪党の隻眼を、おつやは凄艶《せいえん》な眼差しで睨みかえす。

「それ、今だ」

半兵衛が叫んだ。

刹那《せつな》、びんと弦音《つるおと》が響いた。

一本の矢が風を切り、村木の右肩に突き立った。

「ぐはっ」

刀が土間に転がった。

するりと、おつやが逃れる。

と同時に、半兵衛が踏みこんだ。

「いや……っ」

錆《さ》びた十手の先端が、村木の脳天に食いこむ。

「ぬひぇっ」

隻眼の悪党は白目を剝き、顔から土間に落ちてゆく。

そして泡を吹き、痙攣《けいれん》しはじめた。

矢を放ったのは、物陰に隠れていた雪乃だった。

半兵衛は安堵の溜息を吐き、左手で腰をさすった。

「ちと、筋をちがえたようじゃ。半四郎、肩を貸せ」

「は」

半四郎は巨体を寄せ、肩を貸すどころか、半兵衛を負ぶった。

「くそっ、芝居なら、いちばんの見せ場じゃというに」

「とんだ大根役者ぶりですな、半兵衛どの」

三左衛門が、横から半畳《はんじょう》を入れる。

雪乃と半四郎が笑い、半兵衛も喜代も笑った。

おつやは、すうっと涙が引いてゆくのを感じた。

助けてもらった感謝よりも、後悔の念が迫《せ》りあがってくる。

自分は半兵衛を信じることができず、半兵衛を疑い、裏切ってしまった。それなのに、何もなかったような顔で元の鞘《さや》に戻ることなどできようはずもない。

半兵衛は甥っ子の背中から降り、吐息が掛かるほど顔を近づけてきた。

「おつや、ひどく撲られたたな。格別に痛むところはないか、ここか、それともここか」

力強い手で愛おしげに、からだの隅々を撫でまわす。

「よかったのう、生きておって」

「旦那さま」

「まいろう、何も言うな」

かたわらでは、喜代が泣きながら語っている。

おつやがいかに惨《むご》い責め苦を受け、気丈に耐えつづけたかを語っているのだ。

せっかくのことばも、虚しいものに感じられた。

半兵衛に優しくされればそれだけ、胸の奥が疼《うず》いてしまう。

所詮、自分は千住の飯盛女、半兵衛といっしょに暮らせる身分ではない。

三年余りもつづいた夢のような暮らしは、きっと何かのまちがいだったのだ。

去ろう。

半兵衛のもとから、消えてしまおう。

おつやは、そう決めた。

九

半月経った。

明日は仲秋《ちゅうしゅう》の名月、品川《しながわ》は月見の名所なので、宿場はずれの三流旅籠でもそれなりに忙しい。

三筋町の蔵から助けだされて三日目の深更《よふけ》、おつやは置き文も残さず、着の身着のままで屋敷を出た。

半兵衛を裏切った以上、そうするしかなかったのだ。

行くあてもなく、大川端をさまよった。

生きぬこうとするならば、女の身で稼ぐ手だてはさほどない。

辻の暗がりに佇み、酔客の袖を引いてみようとも考えたが、それもできずに朝まで震えつづけた。

「千住の飯盛女が、とんだ腑抜けになっちまったもんだ」

自分を笑いとばしてやりたかった。

こうなれば、とことん生きてやる。

そんな底意地も出てきたので、海風の吹くほうへすすんでみた。

北ではなく南にむかったのは、地縁のある千住から離れたかったからだ。

半兵衛にみつからないところでなければ、逃げた意味はない。

かといって、江戸を旅立つ路銀はなく、女手形《おんなてがた》を得る手だてもなかった。

それからは、丸五日のあいだ、ほとんど飲まず食わずで歩きまわった。

最後にたどりついた場所が、品川の宿場はずれにある「於福《おふく》」という朽《く》ちかけた旅籠だった。

夕刻、ふらつく足取りで訪ねてみると、足腰も目も衰えた老婆がひとり帳場に座っていた。

その老婆が、おふくというらしかった。

聞けば、安い商売女たちに待合代わりに部屋を貸し、雀《すずめ》の涙ほどの貸し賃を貰っているらしい。いつ旅籠をたたんでもよいのだが、自分が生きているあいだは、哀れな女たちに軒を貸すことだけは、申し訳なくてやめられないということだった。

だ。

　おつやは、給金はいらぬから下働きさせてほしいと、床に額を擦りつけて頼んだ。

　老婆は黙って頷いてくれた。

　どうやら、おおむかしに似たような経験があったらしい。のちに聞いたはなしだが、まだ若い時分、好いた男のもとから去らねばならぬ事情があった。

　おつやは朝早くから掃除や飯炊き、客があれば蒲団敷きや酒肴の支度などの雑用に没頭した。

　そして、あっという間に半月が経ち、仲秋の名月を迎えることとなった。

　おもえば、半兵衛とは三度も月見を愉《たの》しんだ。

　朝から月見団子《つきみだんご》を捏《こ》ね、これを里芋《さといも》の衣《きぬ》かつぎなぞとともに三方《さんぼう》に積みあげ、尾花《おばな》や女郎花などで飾りたて、宵のころから縁側ですだく虫の音に耳をかたむけた。

　――鈴虫はりいんりいん、閻魔蟋蟀《えんまこおろぎ》はころころ、ちんちろりんが松虫で、邯鄲《かんたん》はるるるる。

　半兵衛は剽《ひょう》げた調子で、そんな童歌《わらべうた》を口ずさんでくれた。

　夢のような暮らしがいつまでもつづくようにと、芒《すすき》に願掛けをしたものだ。

まことに、豊かな時を過ごさせてもらった。

二度と叶うまい。

心残りは、足腰がめっきり弱くなった半兵衛の世話をしてやれないことだ。

「旦那さま」

雑用の合間に気がつけば、未練がましく半兵衛のことを呼んでいる。

「おつやさん、お客さまだよ」

おふくに階下から声を掛けられ、おつやは我に返った。

客はどうせ、白塗りの商売女と酔った男にちがいない。

煎餅《せんべい》蒲団を敷き、酒肴の支度をととのえてやればそれでいい。

だが。

おつやは階段をあがってくる跫音《あしおと》を聞き、おやっとおもった。

跫音はひとつ。しかも、聞き慣れたものだ。

「まさか……」

登ってきた男の顔をみた途端、おつやは腰を抜かしかけた。

「……旦那さま」

「ふふ、おったな」

半兵衛はにっこり笑い、窓際にすすんで胡坐《あぐら》をかいた。

開けはなたれた窓の向こうに、待宵《まつよい》の月が煌々《こうこう》と輝いている。

窓の下には庭があり、垣根の向こうには砂浜がひろがっていた。

波音がやけに大きい。

半兵衛は、暗い海に目を遣った。

「汐《しお》の香を嗅ぐのは久方《ひさかた》ぶりじゃ。ふむ、たまにゃいいもんだ。いつぞや、江《え》ノ島《しま》へ詣でたことがあったな。おぼえておるか」

「はい」

「哀れなおなごを鎌倉《かまくら》の縁切寺《えんきりでら》へ届ける旅であったが、今にしておもえば楽しい思い出じゃ、のう」

「はい」

「酒をくれぬか。いや、待て。ちと、ここに来て耳を澄ましてみよ」

おつやは促されるがまま、膝を躙《にじ》りよせた。

「ほうら、聞こえるじゃろう」

ぽん、ぽんと、庭で何かが弾けている。

何だろう。

聞き覚えはあった。

咽喉もとまで出かかっているのに、答えが出てこない。

「わかるか、あれが何か」

「いいえ」

「酔芙蓉じゃ」

「ああ」

酔芙蓉は仲秋のころ、黄褐色に熟した実を飛ばす。そのとき、微かだが、小気味良い音を立てるのだ。

「のう、思い出したか」

「はい」

「わしの庭でも、ぽんぽん音を立てておる。縁側でその音を聞いておったら、たまらなくなってな」

おつやを捜しもとめ、半兵衛は夜の町をほっつき歩いたのだという。

込みあげてくる感情を抑えこむように、おつやは尻をあげた。

「どこへ行く」

「お酒を」

「ん、そうか」

おつやは酒肴の支度をし、窓際に戻ってきた。

盃になみなみ注いでやると、半兵衛は一滴も零《こぼ》すまいとするかのように盃を干した。

「芒は買っておいたが、月見団子はまだじゃ。わしが団子を捏ねたら、おつやが怒るであろうとおもってな。さ、呑むがよい。盃を干したら、いっしょに帰るぞ。月見の支度をせねばなるまいでな」

おつやは頭を垂れ、我慢できずに立ちあがるや、だっと階段を駆けおりた。

「おふくさん」

涙顔を向けると、帳場に座ったおふく婆さんが微笑仏のように笑っている。

「優しげな旦那さまじゃないか。あたしにゃ、最後までお迎えは来なかったよ。あんたは幸せ者だ。帰っておやり。また、いつでも遊びにおいで」

「ありがとうございます」

おふくの顔が涙で霞んだ。

近くの船着場から、船頭の呼びこみが聞こえてくる。

「百文、百文、どこまで行っても百文だよう」

旦那さまはきっと、月見舟で帰ろうと言いだすにちがいない。

「鈴虫はりいんりいん、閻魔蟋蟀はこおろころ、ちんちろりんが松虫で、邯鄲はるるるる」

半兵衛の唄う懐かしい童歌を、おつやもいっしょに口ずさむ。

ぽんと、酔芙蓉の実がまた爆《は》ぜた。

少し、酔いがまわってきたようだ。

怪盗朧《かいとうおぼろ》

一

鱗雲《うろこぐも》の彼方《かなた》につばくろは消え、日没ともなれば肌寒い風が吹くようになった。

三左衛門は着古した袷《あわせ》の襟を寄せ、かたわらで糸を垂れる轟十内に語りかけた。

「かれこれ半年ぶりかな」

「ふむ、それくらいにはなりますな。いかがです」

「いや、格別。釣りは愉しい」

「それなら、誘ってよかった」

鯔《ぼら》はいるし、そろそろ鯊《はぜ》も出てくる頃合いだというので、渋い顔のおまつを説得し、浜町堀の落ち口までやってきた。

「おまつさんに恨まれますな」

「なあに、釣りごときで友を恨むようなら、家から追いだしてやりますよ」

「うほ、ずいぶん強気なことを仰《おつしや》る」

「ま、ここだけのはなしということで」

夕闇のなか、地べたに莚《むしろ》を敷いて座り、汀《みぎわ》の棒杭《ぼうぐい》に片足を引っかけ、そうやって一刻（二時間）ばかり糸を垂れているのだが、いまだに釣果《ちようか》はない。

「浅間どの、一句できましたぞ」

「聞きましょう」

「釣れずとも待つが愉しや太公望《たいこうぼう》」

「ふむ、なかなかの戯《ざ》れっぷり」

「じつは、拙者も投句《とうく》をはじめましてね」

「そりゃいい」

浮世小路の茶屋まで、わざわざ引札《ひきふだ》を貰いにゆくのだという。

「前句付けの入花料《にゆうかりよう》は十二文、むかし浅間どのに教わったとおり、燗酒《かんざけ》の一合ぶんでけっこう愉しめる」

「羨《うらや》ましいな。投句も釣りと同様、とんとご無沙汰《ぶさた》でしてね」

「ならば、このたびの課題もご存じない」

「残念ながら」

「お聞かせしましょう。悔い悩みても是非《ぜひ》無きことは、でござる」

「悔い悩みても是非無きことは、か……ふんふん、あいかわらず難題だな」

「景品は結城紬《ゆうきつむぎ》一反《いったん》、獲《と》れば女房どのが喜びましょう……お」

「どうなされた」

「引いておる、ぬ……かなりの大物だ」

十内は腰を落とし、弓なりに撓《しな》った竿《さお》を力強く引きあげた。

水飛沫《みずしぶき》とともに、ぱしゃっと魚が跳ねる。

黒い鼻面がみえた。

と、おもいきや、ぷつっと糸が切れた。

「くそっ、逃したか」

「轟どの、あれは黒鯛《くろだい》ですぞ」

「さよう、今年一番の大物だった。かえすがえすも口惜しい」

「釣り落とし空を仰げば朧月《おぼろづき》、悔い悩みても是非無きことは」

「ふむ、まさにそのとおり。どうやら今宵はつきがない」

十内はごにょごにょ文句を言い、帰り支度をはじめた。

「もう帰りますか」

「ええ、おさきに」

ひとりになってからも二刻ばかり、三左衛門はじっと釣り糸を垂れつづけた。

十内が逃したつきを拾ってやろう。

そうやって意気込んではみたものの、浮きはぴくりとも動かない。

「釣り糸を垂れて手にする藻屑《もくず》をば、じっとながめて溜息を吐《つ》く、か」

戯れ歌を詠《よ》んで気を紛らすしかなかった。

すでに、町木戸の閉まる時刻は過ぎている。

天明《てんめい》の末頃までに中洲《なかす》は埋めたてられ、新地富永町《しんちとみながちよう》と称されていた。妓楼《ぎろう》が軒をつらね、不夜城《ふやじよう》であったという。

だが今では、その中洲には葭《あし》が繁り、穂先が風に揺れている。

小舟で迷いこめば、日中でも端からはわからない。

ゆえに、罪深い男女の密会場所として使われているとも聞く。

ここは江戸湾にも近い。濃厚な汐《しお》の香りがただよってくる。

彼方の沖合いをみやれば、漁火《いさりび》が微かに灯っていた。

あれは、佃島《つくだじま》のあたりであろうか。

「もうやめよう」

何度おなじ台詞《せりふ》を吐き、竿を仕舞いかけたことか。

やめようとおもっても、なかなか腰をあげることができない。

こうして夜釣りにきてみると、忘れかけていた愉楽がじわりと湧きあがってくる。

釣れずとも、いつかは釣れる。いや、意地でも釣ってやるという感情の高ぶりさえ懐かしく、時の経つのも忘れてしまうのだ。

おきちが生まれてからこの方、夜釣りや歌会の誘いはことごとく断ってきた。

——遊びのない男は長生きせぬぞ。

と、鉢物名人の八尾半兵衛には皮肉を言われた。

たしかに、そのとおりだとおもう。

しかし、おきちのそばを片時も離れたくない気持ちのほうが勝って、どうにも気乗りがしないのだ。

こうして釣り糸を垂れていても、可愛いおきちの顔が水面に浮かんでくる。

「もうだめだ」
そろそろ、神輿《みこし》をあげねばなるまい。
朝まで粘ったところで、だめなものはだめだ。
「よっこらしょ」
三左衛門は腰をあげ、くっと伸びをした。
釣り竿を肩に担ぎ、鼻歌まじりに歩みだす。
堀川の両岸には武家屋敷の海鼠塀《なまこべい》がつづき、暗闇に仄白《ほのじろ》く浮かんでいる。
川端を二町ほどすすんだところで、ふと足を止めた。
遠くで呼子《よびこ》が鳴っている。
冷気を裂くような冴《さ》えた音色だ。
たいして気にも留めず、三左衛門は歩みはじめた。
さらに三町ほどすすみ、入江橋を渡って難波町の露地裏に向かう。
そこで、また足を止めた。
辻に立つ板塀に、何か黒いものが貼りついている。
全身黒ずくめの男だ。
盗人《ぬすつと》か。

それと気づいても、さほどの驚きはない。

無視するわけにもいかず、声を掛けてみた。

「おい」

盗人は板塀に貼りついたまま、じっと動かない。

動けなくなってしまったのだ。

三左衛門は、にやりと笑った。

悪戯心《いたずらごころ》が湧いてくる。

「観念して顔をみせろ」

叱りつけてやると、盗人は命じられたとおりに振りむいた。

「お」

ひょっとこの面をかぶっている。

「ふん、潮吹き男め。降りてこい」

ひょっとこは音もなく、地べたに飛びおりた。

「案ずるな、わしは捕り方ではない」

釣り竿を担いでいるのだ。みればわかる。

「面をかぶっておっては、逃げづらかろう」

「そうでもありませぬ」

唐突《とうとつ》に、嗄《しわが》れ声が返ってきた。

「あっしを、どうなさるおつもりで」

どうとでもなれと観念したのか、声に脅えはない。

「さてな」

何をやらかしたかにもよる。貧乏人から銭を盗んだり、人を殺《あや》めたりする輩《やから》なら、見逃すことはできない。

「秋元但馬守《あきもとたじまのかみ》さまの中屋敷から、百両ばかり頂戴してまいりました。盗んだ小判は一両のこらず、貧乏長屋にばらまくつもりです」

「嘘を吐《つ》くな」

「嘘だとお思いなさるなら、明日の読売《よみうり》をご覧くださいまし」

夜が明ければ、江戸じゅう義賊のはなしでもちきりになるとでも言いたげだ。

「わからんな。だいいち、小判をばらまいて何になる」

「憂《う》さ晴らしになります」

「憂さ晴らしに命を賭けるのか、おかしなやつだな」

近くで呼子が鳴り、盗人は肩をびくっとさせた。

「旦那、見逃していただけませんかね」

懇願《こんがん》する口調が、妙に落ちついている。

ひょっとこ面のせいか、さほど悪人にもおもえない。

「番屋に突きだすのも面倒だ。よし、見逃してやろう」

「ほんとうですかい、ありがてえ」

「わしの住む長屋にも、小判をばらまいてほしいものだな」

「ようございますよ、旦那のお住まいは」

「ふっ、冗談さ。盗人の施しなぞ受けぬわい」

「なるほど、旦那は骨のあるお方のようだ。借りがひとつできました」

「せっかく見逃してやるのだ、捕まるなよ」

「お気遣いいただき、恐縮です」

「そうだ、名を聞いておこう」

「おぼろ小僧、ひとはあっしをそう呼びます」

「朧月夜の盗人か」

「ま、そういうわけで。これでも、けっこう名が売れているとおもっておりましたが、旦那はご存じないらしい」

「不満か」

「いいえ。じゃ、あっしはこれで」

おぼろ小僧と名乗る盗人は闇に消えた。

いつの間にか、呼子も聞こえなくなった。

替わりに、拍子木《ひょうしぎ》が遠くのほうで鳴っている。

辻番の親爺が火の用心を呼びかけているのだろう。

何やら、気分が良い。

「盗人とお宝ともに取り逃がす、悔い悩みても是非無きことは」

一句捻ってほくそ笑み、三左衛門は歩みだした。

二

翌日の午後、髪結《かみゆ》いの仙三《せんぞう》が産前産後に煎《せん》じて飲めば効くという益母草《やくもそう》を手にしてあらわれた。

「ちわ、浅間の旦那、夕月楼から用事を預かってめえりやした」

投句会の誘いだ。七日に一度はやってくる。

このところ断ってばかりいるので、仙三と顔を合わせるのも気が重い。

「おまつさまは」

「稼ぎに出ておる」

「仲人稼業は草鞋千足《わらじせんぞく》と申しやすからね、おまつさまもてえへんだな」

「ご覧のとおり、亭主に甲斐性《かいしょう》がないからさ」

三左衛門は自嘲《じちょう》しながら、茣蓙《ござ》のうえにおきちを寝かしつける。

「手馴れたもんだ」

「ようやく首が据わってな、あつかいやすくなったのさ。最初は豆腐を触ってお
るようでな、往生したぞ」

「へへ、何だか可笑《おか》しいや。小太刀を抜かせりゃ鬼にもなる旦那が、赤ん坊ひと
りに振りまわされちまって。ところで、読売はご覧になられやしたかい」

「いいや」

仙三は上がり端に腰掛け、懐中から瓦版《かわらばん》を取りだした。

「ほら、こいつが噂のおぼろ小僧でやすよ」

「ふうん」

瓦版の盗人は実物とはずいぶんちがう。

すらりとした歌舞伎《かぶき》役者のような優男《やさおとこ》が、派手な扮装《いでたち》で描かれているのだ。

「狙われたのは、浜町河岸にある秋元但馬守さまの御屋敷だ。上野館林藩《こうずけたてばやしはん》六万石、中屋敷とはいえ、見上げれば仰《の》けぞっちまうような門構えの御屋敷でやす。ところが、おぼろ小僧のやつは、大屋根からいとも簡単に忍びこみ、奥向きから百両もの大金を盗みやがった。しかも、そいつを貧乏長屋に雨霰《あめあられ》とばらまいた。恩恵を授かったのは、住吉町の玄冶店《げんやだな》に住む女どもだ。義賊でやすよ、立派なもんだ、世直し大明神なんぞと拝み奉《たてまつ》る連中もおりやしてね」

まるで身内のことのように褒《ほ》めあげ、仙三は胸を張った。

「おぬし、御用聞きのくせに、盗人を神さまあつかいしてよいのか」

「あっしが言ったんじゃありやせんよ。世間の評判をありのままお伝えしたまでで。じつは、昨晩もおぼろのやつを追っていたんでやすが、取り逃がしちまってね、へへ、八尾の旦那にゃこっぴどく叱られやしたよ」

仙三は目端《めはし》の利く重宝な男だ。夕月楼の主人である金兵衛の子飼いだが、八尾半四郎のもとでお上の御用もつとめている。

義弟の又七とは幼なじみということもあり、照降長屋にはちょくちょく顔を出す。

「呼子を吹いたのは、おぬしか」

「もしや、旦那も浜町河岸に」

「夜釣りでな」

盗人を見逃してやったのだぞという台詞が、咽喉元《のどもと》まで出かかった。が、余計なことは言うまい。

「こうもつづくと、つぎはうちの貧乏長屋に小判が降ってくるんじゃねえかと期待しちまう。なにせ、三月《みつき》足らずのあいだに、盗んださきは八箇所でやすからね」

「八箇所もか」

「おや、ご存じない」

「知らなんだな」

「そいつはあんまりだ、旦那は世情にうとすぎる」

仙三は墨書きの地図を取りだし、畳にひろげてみせた。

「最初の盗みはここ、内藤新宿《ないとうしんじゆく》にある御三卿《ごさんきよう》田安《たやす》さまの御下屋敷。大川端で水垢離《みずごり》をやっていたころのはなしで。つぎは夏越《なごし》の祓《はら》いが終わってすぐ、盗られたのは三田《みた》の四国町《しこくまち》にある松平《まつだいら》隠岐守《おきのかみ》（伊予松山藩《いよまつやまはん》十五万石）さまの中屋敷。どちらも百両ほど盗まれ、足跡ひとつのこっちゃいねえ」

三番目の大名屋敷は駿河台にある土屋采女正《つちやうねめのしょう》（常陸土浦藩《ひたちつちうらはん》九万五千石）の上屋敷、四番目は築地《つきじ》にある細川若狭守《ほそかわわかさのかみ》（熊本新田藩《くまもとしんでんはん》三万五千石）の上屋敷、五番目は外神田《そとかんだ》の藤堂和泉守《とうどういずみのかみ》（伊勢津藩《いせつはん》三十二万三千石）上屋敷、六番目は蔵前の松平伊賀守《いがのかみ》（信州上田藩《しんしゅううえだはん》五万三千石）上屋敷、七番目は薬研堀下の松平丹波守《たんばのかみ》（信州松本藩《まつもとはん》六万石）下屋敷、そして、八番目が浜町河岸の秋元但馬守中屋敷とつづく。

「三番目の土屋さまのときは小火《ぼや》がありやしてね、盗みは小火に乗じた恰好になったが、ほかの七件に火の気はねえ。偶然でしょ。付け火の疑いは薄いと、八尾さまも仰っておりやす」

三左衛門は地図を睨《にら》み、小さく唸った。

「屋敷の在処《ありか》はばらばらだな。大名同士も繋がりはなさそうだ」

「仰るとおりで。八件の繋がりさえわかりゃ、おぼろ小僧の目星もつく。そんなふうに期待しているんですがね」

「そうか。捕まえる気もなさそうだがな」

「へへ、わかりやすかい。どうせ、大名屋敷にあるお宝の大半は悪徳商人どもからの賄賂《わいろ》でやすよ。そいつがおぼろ小僧の手を借りて貧乏人の手に渡るだけのはなしだ。金は天下のまわりもの、肝《きも》の太え義賊が江戸にひとりくれえあってもいい。御用聞きのあっしがそう考えるくれえだから、世間はこぞって、おぼろ小僧に喝采《かっさい》をおくるにちげえねえ」

仙三は滔々《とうとう》と吐《は》き、地図をたたんで懐中に仕舞った。

と、そこへ、羽織姿のおまつが帰ってきた。

「おや、仙三さん。お元気かい」

「へい、おまつさまも御達者のご様子。何やら、益々《ますます》、おきれいになられやしたね」

「おやおや、いつからそんなお愛想が言えるようになったんだい」

おまつは褒められて相好《そうごう》をくずし、すっと鬢《びん》の後《おく》れ毛を掻きあげた。

「夕月楼のご主人は息災かい」

「ええ、今日は歌会のお誘いに参上しやした」

「せっかくですけどね、ご覧のとおり、うちの亭主はなにだから」

「はあ、なにですか」

「娘に入れあげているんですよ」

「あ、なるほど」

近頃、長屋では「子守り侍」などと呼ばれている。おきちを負ぶって散歩をするすがたも、すっかり板についてきた。

「子守りも立派な仕事ですよ。情がないとできないけどね」

「ごもっともで」

「夕月楼のご主人にはくれぐれもよろしくお伝えくださいな」

「へ、そりゃもう」

仙三は逃げるように去っていった。

淋しげに見送る三左衛門を尻目に、おまつは眠っているおきちに頬ずりをする。

そして、きちんと座りなおし、声をひそめた。

「おまえさん、困ったことになったよ」

「え」

「常陸屋《ひたちや》の大旦那さまはご存じかい」

「醤油問屋《しょうゆどんや》の頑固爺《がんこじじい》か」

「ま、失礼な。庄右衛門《しょうえもん》さんは立派なご隠居ですよ。なにせ、常陸屋をあそこまで大きくしたお方ですからね」

外神田に店を構える常陸屋は千代田《ちよだ》城《じよう》西ノ丸の御用達《ごようたし》でもあり、押しも押されもせぬ醤油問屋である。銚子《ちようし》や野田《のだ》と並ぶ常陸土浦の醤油を一手にあつかい、江戸庶民にもあまねく屋号を知られていた。

庄右衛門は隠居の身ながら店の重石《おもし》となり、暖簾《のれん》を譲った息子の庄兵衛《しようべえ》を蔭に日向《ひなた》に支えている。

世間からの人望も厚い大旦那から、おまつは厄介事を頼まれた。

可愛い孫娘の縁談をとりもってほしいという内容だ。

まとめれば金になる。

「願ってもないはなしではないか」

「それがね、孫娘のおさとさんが惚れたお相手というのが、瓦《かわら》職人なのさ」

名は直次郎《なおじろう》、年は二十五、まだ一人前とは言えない職人だった。

なれそめは、どこにでもあるようなはなしだ。江戸にようやく梅が咲きはじめたころ、直次郎は常陸屋の古くなった屋根瓦を葺《ふ》きかえていた。運悪く小雨が降ってきたので、大急ぎで仕事を済ませようと焦った。その途端、足を滑らせ、屋根から落ちてしまった。その場に居合わせたおさとが親身になって介抱《かいほう》してやったところ、やがて、ふたりのあいだに情が芽生えたというのだ。

「直次郎さんておひとが不細工な男なら、こうはならなかったでしょうよ。ちょいとお会いしてみたら、これがまあ、水も滴《したた》る良い男でね。あれなら、十八の娘がほの字になるのも無理はない」

おまつは喋りながら、ぽっと頰を染める。

——莫迦《ばか》め。

三左衛門は、胸の裡《うち》で舌打ちをした。

若くて良い男のはなしなど、聞きたくもない。

「おさとさんとしては、どうあっても直次郎さんといっしょになりたいらしい」

勘当覚悟で両親に訴えたら、案の定、烈火のごとく激怒された。

大店《おおだな》の箱入娘と半人前の瓦職人、なるほど、世間からみたら釣りあいがとれない。商家の結婚には商売もからんでくる。十八の小娘の好きなようにはいかないのだ。

しかも、おさとの母は落ちぶれた旗本から嫁いできた女性らしく、気位《きぐらい》だけは人一倍高い。母にはこれと定めた金満家の嫁ぎ先があったらしく、どう逆立ちしても瓦職人との縁談は許してもらえそうにないという。

通常ならば、おさとは説得され、直次郎は高嶺《たかね》の花とあきらめるしかなかった。

　ところが、庄右衛門という思いがけない助っ人があらわれた。

「大旦那さまは、おさとさんが可愛くて仕方ないのさ。だから、後悔のないよう、好いた相手に添いとげさせてやりたいんだよ。だからといって、自分がしゃしゃり出れば波風が立つ。常陸屋の看板を背負う息子の顔も立ててやりたい」

　事は内々にすすめなければならない。

　そこで、おまつに白羽《しらは》の矢が立った。

「何とかご両親を説きふせ、若いふたりの仲をとりもってほしいと仰るのさ。大旦那さまは死んだおとっつぁんがお世話になったお方でね、頼まれたら嫌とは言えない。でも、こればっかりは、お金ならいくらでも積むと言われてもねえ」

「たしかに、難題だな」

「そこで、というのも何ですが、今宵は大旦那さまと膝突きあわせて策を練らなくちゃならないんですよ」

「出掛けるのか」

「ちょいと深川の二軒茶屋《にけんぢゃや》までね」

　二軒茶屋といえば、高価な料理茶屋の代名詞みたいなところだ。

「食べやしないし、呑みもしませんよ。遊びじゃないんだから。すみませんけど、おきちのお守りを頼みますよ。夕餉《ゆうげ》は冷や飯にお味噌汁《みそしる》でもぶっかけてね」

「そんな、おまえ」

「おきちがぐずったら、下駄屋のおさよさんに貰い乳をね。だいじょうぶ、きちんと頼んでおきましたから。おすずにも、ちゃんとご飯を食べさせてあげてね。暗くなったら、外へ出さないでくださいよ。ええ、わたしならだいじょうぶ、遅くなるようなら宿駕籠《やどかご》で帰ってきますからね。あ、それから、明日は深川の万年《まんねん》橋《ばし》まで亀を放しに出掛けますから、娘たちはなるたけ早く寝かしつけといてくださいな」

おまつは早口で用事を言いつけ、きつく結びなおした帯をぽんぽんと叩いた。

「稼がなくちゃならないんですよ。この縁談がまとまったら、十分一屋《じゅうぶいちや》としての信用が、ほら、ぴゅっとあがるでしょ。それに、向こう半年は遊んで暮らせるだけのおあしも頂戴できるんですからね。もちろん、厄介な縁談を上手《うま》くまとめられたらのはなしですよ。世間じゃ、おぼろ小僧だ、義賊だなどと騒いでおりますけど、このお江戸に裏長屋がいくつおありだとおもいます。ただ座っているだけじゃ、小判なぞ降ってきやしませんよ。ね、わかるでしょ、おまえさん」

それにしても、よく口がまわる。

嬉々として出掛けてゆくおまつの後ろ姿を、三左衛門は呆然と見送った。

三

放生会《ほうじようえ》の今日は、朝からよく晴れた。

小名木川《おなぎがわ》の注ぎ口に架かる万年橋から西をのぞめば、富士山がくっきりみえる。滔々《とうとう》と流れる大川は碧《あお》く透きとおり、注意深く目を凝《こ》らせば魚影をのぞむこともできた。

万年橋は長さ二十三間、幅二間の堂々とした太鼓橋《たいこばし》である。

北詰めの突端にある茂みは疱瘡《ほうそう》に効験《こうけん》があるという柾木稲荷《まさきいなり》、稲荷社の境内から南詰めにいたるまで、橋のうえは立錐《りつすい》の余地もないほどの人で埋まっていた。

放し亀売りが見世を出す橋詰めの広小路も、大勢の親子連れで賑わっている。

「放し亀、放し亀、買っとくれ、功徳《くどく》だよ」

万年橋と称するだけあって、軒を並べる葦簀《よしず》張りの見世では縁起物の亀だけを売っている。

人混みを掻きわけなければ、売場までたどりつけそうにない。

「おまえさん、巾着切《きんちゃくきり》に気をつけて」

「わかっておるわい」

三左衛門は左手で柄を握り、右手で人混みを掻きわけた。

放生会は小動物に託して死者の冥福《めいふく》を祈り、みずからの後生を願う行事である。子供に命の尊さを教える場でもあるせいか、縁日のときよりも子連れが多い。手習いの師匠に連れられた子供たちなども見受けられた。

三左衛門は苦労して、亀を一匹だけ買うことができた。

「ほうら、四文亀だぞ」

糸で吊るした亀を自慢げに掲げると、おすずが目を輝かせた。

「みせて、みせて」

「ほれよ」

「あれ、何だかこの亀、弱っているみたいだね」

「そうか、どれ」

たしかに、手足も首も中途半端に引っこめたまま、ぐったりしている。

放しては捕まり、捕まっては放されしたのだろう。

大川への注ぎ口には、怪しげな連中が潜んでいる。

放した亀を捕まえ、見世に戻すために雇われた連中だ。

「はやく放してやろう」

「うん」

おすずと三左衛門がさきに立ち、おきちを抱いたおまつがあとにつづく。

四人は慎重に土手を降り、汀《みぎわ》に近づいていった。

ここにも大勢の親子連れがいて、亀を放つたびに歓声があがる。

「さあ、おすず」

「うん」

おすずが亀を放してやると、亀は甲羅《こうら》をひっくり返し、すぐさま仄暗い川底に沈んでいった。

「潜っちまったな」

「何か、つまんない」

「文句を言うんじゃないよ」

おまつに窘《たしな》められ、おすずは口を尖らす。

「ねえ、雀《すずめ》とか鰻《うなぎ》とか、ほかのも放したい」

「雀なら十二文、鰻なら三文、さあ、どっちにすると言いたいところだがな、葦簀張りの見世をざっとみたかぎり、亀以外は売っておらなんだ」

「いやだ、いやだ。さがしてきてよ」

おすずは執拗《しつよう》に駄々《だだ》をこねる。このところ、双親の関心がおきちにばかり向いているので、拗《す》ねているのだろう。

そこへ、鰻売りの老人があらわれた。

顔じゅう皺だらけにして笑ってみせる。

「お嬢ちゃん、鰻はいかがかな」

恥ずかしがるおすずを脇にやり、三左衛門は身を乗りだした。

「ありがたい、売ってもらえるのか」

「ただで差しあげますよ。どうせ、余ったら食っちまうんだ。小名木川にゃ鰻《うなぎ》沢《さわ》の異名がありましてね、このあたりで釣れた鰻はそりゃ美味《うま》いんですよ。頭に釘を打ちつけてね、包丁《ほうちょう》で背中をぴっと裂いて筏焼《いかだや》きにするんです。けど、こいつは運がよかった。お嬢ちゃんのおかげで、今日の命を長らえたってわけだ。三文の鰻にも五分の魂《たましい》ってね、へへ、そんなふうにゃ言わねえか。ともかく、貰ってもらえるだけでも感謝しなくちゃならねえ」

妙なことを言う老人だなと、三左衛門はおもった。

「ついでだから二匹もらおう。金は払う」

銭を払おうとすると、頭を振っていらぬと言う。

「あっしも江戸っ子の端くれ、いちど口にした台詞は引っこめられねえ」

「そうはいかぬ」

「いいんですよ。ちょっとした恩返しなんですから」

「恩返しだと」

益々、わけがわからない。

ともあれ、鰻を二匹分けてもらい、川に放してやった。

「ほら、にょろにょろ泳いでくよ」

「おもしろいな」

「うん」

はしゃぐおすずに気をとられている隙に、老人のすがたは消えた。

「おっかさん、ほらあれ」

おすずが土手の斜面を指差した。

赤紫の花が土手の一角に鮮烈な彩《いろど》りをあたえている。

「禊萩《みそはぎ》だね」

盆花にも使う花だ。

「きれい、摘んできてもいい」

おすずは嬉しそうに駆けてゆく。

「おまえさん、そろそろ帰りましょうか」

おまつに促され、三左衛門は万年橋に背を向けた。

四

それから数日が経ち、秋の彼岸《ひがん》も終わりかけたころ、長屋に目の醒めるような美しい娘が訪ねてきた。

女中奉公の娘を従えているところから推せば、商家の箱入娘であろう。

花色模様の艶やかな振袖が、貧乏長屋の風景といかにもそぐわない。

「ごめんくださいまし」

三左衛門はおきちの眠る莨蓙の脇から膝をすすめ、娘の顔を穴のあくほどみつめた。

「どちらさまかな」

「常陸屋のさとにござります」

「ほう、あんたが。はなしには聞いておる」

「お世話になっております。あの、おまつさまは」

「おまつ、ああ、それなら、もう少しで戻ってくるはずだが」

「さようですか」

淋しげに睫毛《まつげ》を伏せた顔に、三左衛門の目が貼りついた。

そこへ、おまつがひょっこり帰ってくる。

「あら、おさとさん」

「おまつさま」

おさとの顔に、ぱっと光が射した。

三左衛門は我に返り、すごすごと奥へ引っこむ。

「むさ苦しいところですけど、おあがりくださいな」

「ありがとうございます。でも、ひとことだけ御礼がしたくて伺っただけですから、すぐに失礼いたします」

「あらそう」

「おまつさまのおかげで、両親にもようやくわかってもらえました」

「ええ、そのようですね」

「おまつさまには、御礼のしようもございません」

「わたしは何もしておりませんよ。すべては、大旦那さまのお口添えがあったればこそです」

「お爺さまの」

「はい。もう喋っても構わないでしょう。若いおふたりが感謝しなくちゃならないのは、大旦那さまなのですよ。おさとさんが好いたお相手といっしょになれぬものかと、心底からご案じなされてねえ、内々でわたしに仲介の労を頼まれたのです」

「存じませんでした」

「あなたのおとっつぁんにだけは、それとなくお伝えしたんですよ。たぶん、それが効いたんだとおもう」

「そうだったのですか」

「精一杯、孝行してさしあげないとね」

「はい」

おさとは潤んだ瞳で元気よく返事をし、後ろに控える侍女から手土産を受けとった。

「あのこれ、金沢丹後《かなざわたんご》の練羊羹《ねりようかん》です」

「まあ、嬉しいわ。でも、結納が済むまでは安心できませんよ」

「もう平気です」

「いいえ、世の中、何が起こるかわかりませんからね……なあんて、お説教しちまったけど、ほんとうによかったねえ」

「はい」

おさとはにっこり微笑《ほほえ》み、深々とお辞儀をして帰っていった。

長屋の連中から好奇の目でみられても、堂々と胸を張って微動だにしない。

大店の娘としてもって生まれた風格のようなものがあり、嬶《かか》アどもは口々に
「立派なお嬢さまだねえ」と囁《ささや》きあった。

が、その夜、誰ひとり想像もできないような悲劇が起こった。

五

翌早朝、乳色の靄《もや》がたちこめた本所の百本杭《ひやっぽんぐい》に、老いた男の遺体が浮かんだ。

「常陸屋の大旦那ですよ」

「なんだって」

いの一番で報せてくれたのは、髪結いの仙三だった。

おまつと常陸屋との浅からぬ因縁《いんねん》を知っていたのだ。

庄右衛門の遺体は、黒紋付を羽織っていたらしい。

おまつは一報を耳にし、めずらしくも取りみだした。

無理もない。庄右衛門を父親同然に慕っていたのだ。

声を失うおまつを気遣いつつも、三左衛門は詳しい状況を聞きだした。

仙三によれば、遺体の随所には撲《なぐ》られた痕跡がいくつもみられ、致命傷となったのは胸の刺し傷であったという。

「背中から心ノ臓をぶすり、両刃の得物《えもの》で刺した傷口でやしてね、八尾の旦那は槍じゃねえかと」

「槍か、殺《や》ったのは侍だな」

「ええ。でも、大旦那は温厚な方で、誰かに恨まれるようなおひとじゃなかったそうですよ」

懐中から財布が盗まれていた。

辻斬り物盗りの線も否《いな》めない。

「足取りは」

「店の者に聞いてみると、何でも土浦藩の御留守居役《おるすいやく》に呼ばれ、夕刻、深川の下屋敷にむかったとか」

庄右衛門は店の者も連れず、ひとりで足をむけたらしい。

外神田までの帰路は舟を使うのでなければ、竪川まですすんで大橋を渡るという道筋も充分に考えられる。大橋の東詰めから大川端を御竹蔵《おたけぐら》にむかった途中に、釣り場としても知られる百本杭はあった。流れが集まってくるところでもあり、土左衛門《どざえもん》が流れつくことでも知られている。

庄右衛門は外神田へ向かう帰路のどこかで待ちぶせされ、惨殺されたうえで百本杭に投げすてられた公算が大きいと、仙三は言った。

「駕籠かきはみつけたのか」

「いいえ、そいつはまだ」

駕籠を使ったかどうかも、調べはまだついていない。

いずれにしろ、あまりに唐突で切なすぎる悲劇だった。

おまつでさえ、庄右衛門の死をすぐには受けいれられそうにない。

祖父を失ったおさとの心境は、いかばかりか。

それをおもうと、三左衛門の胸は痛んだ。

ふたりで通夜におもむくと、悲しみはいっそう深まった。

おさとのすがたはなく、家人に聞けば床に臥《ふ》しているという。

薄化粧のほどこされた庄右衛門は、白麻《しろあさ》の帷子《かたびら》を左前に着せられ、手甲脚絆《てっこうきゃはん》に白足袋《しろたび》を付け、数珠《じゅず》と六文銭を握っていた。じつに穏やかな死に顔で、かえってそれが訪ねてくる者の涙を誘った。

下手人《げしゅにん》の目星もつけられぬまま、庄右衛門は荼毘《だび》に付された。

それから二日経った地蔵盆の日、悲しみに暮れる常陸屋の遺族にたいして、土浦藩江戸屋敷から寝耳に水のような沙汰がもたらされた。

——爾後《じご》、江戸藩邸への出入りを禁ず。

同時に、鑑札《かんさつ》召しあげの通達があったとの憶測も流れた。

土浦藩の御墨付《おすみつ》きを無くすということは、商売をやめろと命じられるに等しい。

二代藩主（土屋政直《まさなお》）のころに振興策の一環で立ちあげられた土浦の醬油は、質量とも銚子や野田に比肩《ひけん》すると評され、繰りかえすようだが、千代田城西ノ丸の御用達ともなった。常陸屋は江戸醬油仲間の肝煎《きもい》りまでつとめたことのある老舗《しにせ》だが、肝心の土浦藩に見放されたら商売がたちゆかないことは目にみえている。

　こうなれば、おさとの縁談どころではない。

　忌中《きちゅう》の紙が貼りだされた常陸屋はしんと静まりかえり、秋風に吹かれて軋《きし》む店のなかで家人たちは息をひそめている。

　家屋の軋む音が悲鳴にも聞こえた。

　庄右衛門の沈痛な叫びのようでもある。

　落ち度があったなら別だが、家人におもいあたる節はなく、土浦藩からも詳しい説明はなされなかった。

　主人の庄兵衛は何度も必死で掛けあってみたものの、藩からは門前払いのあつかいを受けた。これまで藩財政の支柱となる醬油商いを支え、低利で莫大な貸付けもおこなってきた。にもかかわらず、このような仕打ちを受けようとは、店の連中は歯軋りをして悔しがった。

　そのうち、数ヶ月前に上屋敷が小火《ぼや》に見舞われた一件が取り沙汰されはじめた。奥向きへ御用伺いにいった番頭の火の不始末が原因だったのではないかというのである。

　調べてみると、根も葉もない濡《ぬ》れ衣《ぎぬ》だった。

番頭は関わりを否定したが、死んでみせることで無実を晴らしたいという遺書をしたため、厠《かわや》で首を縊《くく》った。

土浦藩の仕打ちは、庄右衛門殺しと密接に関わっているのにちがいない。

三左衛門は、そうおもった。

ほどなくして、本所の回向院《えこういん》門前に店を構える利根屋《とねや》なる新興の醤油問屋が噂にのぼるようになった。

常陸屋に替わって、土浦藩の御用達になるというのだ。

もしかしたら、利根屋が常陸屋を陥《おとしい》れた張本人なのではあるまいか。

大金をちらつかせて藩の重臣を抱きこみ、手荒な方法で競争相手を潰そうと画策したのだ。

無論、憶測にすぎぬ。

痩せ浪人風情が貧乏長屋の片隅で何を考えようとも、世の中の流れは変わらない。

常陸屋の凋落《ちょうらく》は、目のまえに迫っていた。

「いったいぜんたい、どうなっちまっているんだろう」

おまつは嘆き、愁《うれ》えた。

「せめて、若いふたりはいっしょにさせてあげたい。それがね、大旦那さまの遺言におもえて仕方ないんだよ」

涙を滲ませながら、おまつはそんなふうに訴えた。

ところが、である。

たったひとつの希望をも打ち砕く事態が起こった。

六

おぼろ小僧がまた動いた。

場所は深川、土浦藩を領する土屋采女正の下屋敷だ。

盗まれたのはおよそ百両、深川七場所《ななばしょ》辺にへばりつく貧乏長屋の住人たちが恩恵に与《あずか》った。

「生き神さまじゃ、生き神さまじゃ」

おぼろ小僧の活躍を聞いて、おもわず、舌打ちをしたくなった。

「たかが盗人一匹、神に奉りあげてどうする」

莫迦らしいと思いつつ、一方では痛快な気もする。

空には鰯雲《いわしぐも》がひろがり、今にも雨が落ちてきそうだ。

おまつは朝餉《あさげ》を済ませると、外神田の常陸屋にむかった。

このところ、おさとを慰めるべく、毎日のように通っている。

それが亡くなった庄右衛門から授かった遺言のように感じているのだ。

おまつと入れちがいに、仙三が飛びこんできた。

「てえへんだ。直次郎が本所廻りにしょっぴかれやした」

「なに」

「おぼろ小僧かもしれねえってんで縄を打たれ、一《ひと》ツ目《め》弁天《べんてん》の自身番に抛《ほう》りこまれたんでさあ」

本所廻りは、火消しの鳶《とび》か左官、あるいは瓦職人と、家造りに関わる身軽な職人に狙いをつけていた。

「網に掛かったのが、瓦職の直次郎だったってなわけで」

三日前、直次郎は土屋屋敷の屋根瓦を葺きかえた。

「捕まった理由は、それだけか」

「いいえ」

おぼろ小僧が忍びこんだ九つの武家屋敷のうち、三つまで、直次郎は大屋根を葺いていたという。

「本所廻りめ、手柄を焦ったな」

「え」

「ここだけのはなし、おぼろ小僧の声を聞いたことがある。ほれ、浜町堀へ夜釣りにいったときのはなしだ。ひょっとこの面をかぶっておったがな、盗人の声は憶えておる。嗄れた年寄りの声だったぞ」

「もしや、旦那はおぼろの野郎に出くわしたんですか」

「まあな」

「おひとがわりいや」

「大目にみろ」

「まさか、見逃してやったわけじゃありやせんよね」

「そのまさかだ」

「げっ、相手は義賊なんぞともちあげられておりやすが、捕まりゃ磔獄門《はりつけごくもん》になる極悪人ですよ。そいつを見逃したとあっちゃ、旦那もただじゃすまねえ」

「おぬしが黙っておれば平気だ」

「そりゃまあ、そうですがね」

「ともかく、行ってみるか」

「どこへ」

「一ツ目弁天の自身番さ。決まっておろうが」

「八尾の旦那にも、お声を掛けておきやしょうか」

「そうだな」

半四郎に立ちあってもらったほうが、はなしは早かろう。

「でも、そうなると、事情を喋らなくちゃなりやせんよ」

「かまわぬ。わしが盗人を見逃したと正直に伝えてくれ。八尾さんなら、わかってくれるはずだ」

「じゃ、いいんですね」

「ふむ」

「その赤ん坊は、どうしやす」

「しっかり者の姉がおってな、待っておれ」

三左衛門は下駄を突っかけて露地裏にむかい、大声でおすずを呼んだ。

「おうい、ちょっと来てくれ」

「はあい」

呼ばれておすずは、鼠《ねずみ》のように駆けてくる。

「ちと出掛ける。おきちの面倒をみておれ」

「はい」

「乳を欲しがったらな」

「下駄屋のおばさんでしょ」

「ふむ、頼むぞ」

仙三は腰を屈め、おすずの頭を撫でた。

「おまつさんの娘だけあって、しっかりしてらあ。それじゃ、旦那、あっしはひとあしおさきに」

「よし、自身番で落ちあおう」

三左衛門は腰帯に大小を差し、仙三の背中を見送った。

七

大川は濁流となって渦巻き、みるものを呑みこんでしまいそうだ。

一ツ目弁天の自身番は竪川の落ち口そば、南岸にある。

駒繋《こまつな》ぎ柵《さく》に囲まれた自身番を、三左衛門は血走った眸子《まなこ》で睨みつけた。

突棒《つくぼう》、刺又《さすまた》、袖搦《そでがらみ》といった三道具《みつどうぐ》がこれみよがしに立ってはいるものの、九《く》尺《しゃく》二間《にけん》の狭い小屋でしかない。

　窓のない奥の三帖間に、直次郎は繋がれているはずだった。

　こっぴどく痛めつけられたうえに手鎖《てぐさり》を塡《は》められ、血と汚物で汚れた板間に転がされているのだ。

　半四郎と仙三は、まだ到着していなかった。

「ごめん、邪魔するぞ」

　引きちがいの腰高《こしだか》障子をがらりと開け、敷居を跨ぐ。

　固太りの四十男が、血走った眸子で睨みつけてきた。

「どちらさんで」

　どすの利いた声の持ち主は、名を文治《ぶんじ》という。

　弱い者いじめを得手《えて》とする本所の岡っ引きだ。

　以前、とある女を救うべく、根津の岡場所で罠《わな》に塡めたことがある。

　こちらは顔を知っているが、むこうはこちらの顔を知らないはずだ。

「ちと、ものを尋ねたい」

「道を聞きてえんなら、木戸番に行ってくれ」

「道ではなく、ひとを捜している。おぼろ小僧という盗人だ」

「あんだって」

「この目でみたのさ」

「おぼろ小僧をか」

「さよう。野分《のわき》が過ぎたころ、浜町河岸の大名屋敷に盗人がはいったであろう。秋元但馬守の中屋敷だ。あの晩、夜釣りにいった帰り道で、おぼろ小僧のやつに出くわした」

「まことのおはなしで」

文治は、期待と不安の入りまじった顔をする。

「で、どんな野郎でやしたか」

「顔はひょっとこ、からだは小太り、齢は還暦を超えておったかもな」

「ふへへ、冗談を言っちゃいけねえ。還暦を超えた野郎が天下を騒がす盗人であってたまるもんか」

「何と言われようが、みたものはみた」

「嘘を吐きなさんな」

「嘘を吐いて何になる」

押し問答をしていると、仙三が半四郎をともなってやってきた。

文治が途端に渋い顔をする。

半四郎は気にも留めない。

「やあ、浅間さん」

「どうも」

「たまには夕月楼にも顔を出してくださいよ」

「ええ」

「仙三にあらましは聞きました」

「ご足労いただいて申し訳ない」

「いえいえ」

ふたりの和《など》やかな様子を眺め、文治は舌打ちをする。

「こちらの旦那、八尾さまのお知りあいですかい」

「ああ、浅間さんと申されてな、粗略にはあつかえぬ御仁よ。文治、おめえ、おぼろ小僧を捕まえたんだってな」

「へい」

「どこにおる」

「奥におりやすが」

「ちと顔を拝ましてもらおう」

「拝むだけなら構いやせんよ」

半四郎は雪駄《せった》を脱ぎ、畳にあがった。

大股で歩みより、奥の板間とのあいだを仕切る板戸を引きあける。

おもったとおり、手足を鎖に繋がれた直次郎が転がっていた。

文治に責められ、気絶してしまったらしい。

瞼《まぶた》の裏に、おさとの泣き顔が浮かんできた。

半四郎はぎょろ目を剝《む》き、怒声を張りあげる。

「仙三、水だ」

「へい」

あおぐろく腫れた顔に水を掛けると、直次郎は息を吹きかえした。

「お、気づいたか。ずいぶん痛めつけられたな、いい男がだいなしじゃねえか」

半四郎は野太い首を捻り、文治を睨みつける。

「こいつの名は」

「瓦職人の直次郎でさ」

「目星をつけた理由を言え」

「土屋さまの御屋敷の大屋根を葺いておりやしたんで」

「それだけか。当てずっぽうで捕まえたのと同じじゃねえか」

「文句がおありなら、荒木《あらき》さまに仰ってくだせえ」

「荒木平太夫《へいだゆう》か」

半四郎より十五も年長の本所廻りだ。岡場所を廻っては袖の下をせびり、商家の揉め事に首を突っこんでは示談金《じだんきん》を掠《かす》めとる。十手の権威を笠に着た悪党だが、狡猾《こうかつ》ゆえに尻尾《しっぽ》を出さない。

無論、半四郎とは反りが合わず、何かにつけて反目しあっていた。

「八尾の旦那、この野郎、叩けばきっと口を割りやすよ」

「半殺しの目にあわせておいて、手前勝手に口書《くちが》きをつくるんじゃねえのか。本所廻りお得意の手管《てくだ》で手柄をあげようったって、そうはいかねえ。さ、手鎖を外してやれ」

文治は促され、渋々ながら手鎖を外す。

そこへ、肥えた狸顔《たぬきがお》の同心があらわれた。

荒木平太夫である。

「八尾、てめえ、その若僧をどうする気だ」

「家に帰してやるんですよ」

「そうはいかねえ、天下を騒がす盗人かもしれねえんだぜ」

「ただの瓦職人ですよ」

「証拠《あかし》は」

「そっちこそ、証拠はあるんですか。この直次郎とは浅からぬ縁がありましてね、たいした証拠もなしに縄を打たれたとあっては、黙っちゃいられないんですよ」

「ふん、横からしゃしゃり出やがって。よし、おめえの知りあいなら顔を立ててやらぬでもねえ。だがな、こいつがおぼろ小僧じゃねえという証拠をみせてみな。五日やる。五日以内にこっちの納得できる証拠をみせろ。できねえときは、また捕まえにゆくぜ」

「承知」

平然と言いはなつ半四郎を嘲笑《あざわら》い、荒木は直次郎を脅しつける。

「ふふ、逃げようたって無駄だぜ。昼も夜も、おめえを見張っててやるかんな」

助けられた直次郎は事態がよく呑みこめず、ただ、半四郎の面前で米搗《こめつ》き飛蝗《ばった》のように頭をさげつづけた。

当面の危機は脱したものの、新たな難題が降りかかってきた。

半四郎の顔を潰さぬためにも、おぼろ小僧をみつけださねばならない。

「浅間さん。ま、肩の力を抜いていきましょう。何なら、この足で夕月楼にごいっしょしませんか」

酒を酌《く》みかわしながら、心おきなく仲間と戯れ句を詠む。

これ以上の楽しみはないが、三左衛門は丁重に誘いを断った。

八

一ツ目弁天から万年橋にむかい、橋のたもとの船着場から小舟に乗った。

小名木川を東に漕《こ》ぎすすめば、高橋《たかばし》を過ぎたあたりから両岸に武家屋敷の海鼠《なまこ》塀がみえてくる。

それが横川《よこかわ》と行きあうあたりを過ぎても、ずっとつづいてゆく。

左右の白壁は大波のようにそそり立ち、みるものを圧倒した。

三左衛門は新高橋で小舟を降り、川の北岸にあがって屋敷町を縫うようにすすみ、富川町《とみかわちょう》の辻をひょいと曲がった。

方角で言えば、東から西に少し戻ったことになる。

辻向こうには、土屋采女正の下屋敷があった。

海鼠塀の向こうには、大屋根の甍《いらか》がみえる。

おぼろ小僧はあそこから忍びこみ、百両もの大金を奪ったのだ。

常陸屋は土浦藩土屋家の御用達、庄右衛門が亡くなる直前に訪れたのも、目のまえに聳《そび》えたつ下屋敷であった。

駿河台の上屋敷で小火騒ぎがあってから、重要な商談の多くはこの下屋敷でおこなわれているらしい。土浦藩の殿さまは国許におり、江戸にあって奥向きを仕切るのは留守居役だった。

三左衛門が土屋屋敷を訪れたのは、ほかにも理由がある。

おぼろ小僧は三月足らずで九件の盗みをはたらいたが、そのなかで土屋屋敷だけは上屋敷と下屋敷に二度も忍びこんだ。

「土浦藩に関わりのある者かもしれない」

そんな気がしたのだ。

堂々とした正門を斜《はす》に眺めながら、西にまっすぐ延びる往来を目で追った。

通行人はまばらで、ほとんどは月代《さかやき》を青々と剃った勤番 侍《きんばんざむらい》だ。花街《かがい》では「浅《あさ》葱裏《ぎうら》」と蔑《さげす》まれる田舎侍である。

おそらく、夜になれば人影はほとんどあるまい。

などと、想像しながら振りむくと、すぐそばに富川町の辻番所がみえた。

「番太郎が何かみていたかもしれぬ」

だめもとで尋ねてみよう。

三左衛門は、九尺二間の狭い小屋の引き戸を開けた。

「ごめん、ちとものを尋ねたい」

「何でしょう」

背中を丸めて応対に出た老人に、見覚えがあった。

おもいだせない。

「どこかで会ったことがあったな」

「手前も同じことを……あ、もしや、万年橋で」

「おお、そうだ。鰻を譲ってもらった。あのときのご老人か」

「辻番のかたわら、あんなこともやっておりましてね」

「ほう」

「辻番は生きた親爺《おやじ》の捨て所、なんぞと申します。ときおり、人淋しくなりましてね、人の大勢集まるところに足をはこぶんですよ」

老人の名は忠介《ちゅうすけ》、妻子はおらず、天涯孤独の身の上らしい。

「旦那とはご縁があるのでしょう」

「そのようだな」

「ま、おあがりください。茶でも淹《い》れましょう」

「すまぬ」

大小を帯から抜き、草履《ぞうり》を脱いだ。

すると、若い勤番侍が顔を出した。

「親爺さん、すまぬが、あれを頼む」

「へい」

忠介は簞笥《たんす》の抽斗《ひきだし》から蠟燭《ろうそく》を取りだし、侍に手渡した。

「かたじけない、ではまた」

侍は軽く会釈をし、そそくさと去ってゆく。

背中を見送っていると、嗄れ声が聞こえてきた。

「秋元家の但馬守さまの御家中ですよ。あの若さで所帯をもっておられましてね、ここに来ればただで灯明《とうみょう》を貰えるので、たまに顔をみせるんです」

「秋元屋敷がこのあたりにあるのかね」

「御下屋敷が川向こうにございます。すぐそこの新高橋を渡って、西に少し戻った川沿いですよ。海辺大工町《うみべだいくちょう》の辻番がしぶちんらしくて、ふふ、灯明を貰いにゆくとよい顔をしないそうです。ゆえに、わざわざ橋を渡って、ここまで来てくれるんです。お顔をみせてもらうだけで、手前は嬉しいんですよ」

「なるほどな」

三左衛門は熱い茶を啜《すす》り、忠介のはなしを反芻《はんすう》した。

秋元但馬守という名が、どうも気に掛かる。

「それで、旦那がお尋ねになりたいこととは何です」

「おぼろ小僧のことでな」

「おぼろ、義賊ですか」

「ふむ、そうらしい。そこの土屋屋敷が狙われたと聞いてな」

「本所廻りの旦那にも、同じことを聞かれましたよ。誰か怪しい者をみなかったかと。ひょっとして、旦那も八丁堀《はっちょうぼり》に関わりがおありなので」

「いいや、みてのとおりの浪人者さ。若い職人が捕まったのを聞いたかね」

「ええ、瓦職人だとか」

「その瓦職人と縁があってな」

事情をかいつまんではなすと、忠介は腕組みをして唸った。

「瓦職人が常陸屋のお嬢さまと。そいつは捨ておけねえな」

「本所廻りに言われた期限は五日だ。五日以内に本物のおぼろ小僧をみつけださねばならぬのよ」

「さようですな」

「瓦職人の直次郎と常陸屋のおさとを、どうしてもいっしょにしてやりたい。うちのかみさんに言わせりゃ、そいつは非業の死を遂げた庄右衛門への供養でもある」

「え、大旦那さまの」

忠介の顔つきが、さっと変わった。

「おぬし、庄右衛門を存じておるのか」

「い、いえ。徳の高いお方との評判を聞いたまでで。なにせ、土屋さまの御屋敷にいらした帰り道で殺られたっていうじゃありませんか」

「やけに詳しいな」

「へへ、辻番ってのは、いろんな噂の集まるところでしてね」

「ま、ともあれ、かみさんの顔を立てるためにも、若いふたりをいっしょにしてやらねばならぬのよ。そのためには、おぼろ小僧の首がどうしても要《い》る」

「首、ですかい」

忠介はなぜか、神妙な顔で押し黙る。

三左衛門は、冷めた茶を呑みほした。

「邪魔したな」

辻番所を出て、歩みはじめる。

空には雲が低く垂れこめ、冷たいものが落ちてきた。

「土屋采女、秋元但馬、土屋采女、秋元但馬」

口のなかでぶつぶつ唱え、土屋屋敷のまえを通りすぎる。

西隣にも大きな屋敷があり、六尺棒を手にした門番が立っている。

にこにこしながら問うてみれば、御三卿田安家の下屋敷だという。

「御三卿田安殿」

ある考えが、電光のように閃いた。

土屋屋敷まで急いで取って返し、道を挟んで隣りあわせた大名屋敷の門番に片端から問うてみる。

土屋屋敷の東にあるのは藤堂和泉守、北にあるのは細川若狭守の下屋敷であった。

さらに、三左衛門は新高橋を渡り、川向こうも巡ってみた。

東端の手前から川沿いに松平伊賀、松平丹波の両下屋敷が居並び、海辺大工町を挟んで西側には秋元但馬の下屋敷があった。そして、秋元屋敷の南には松平隠岐の下屋敷がでんと構えていた。

「おもったとおりだ」

三左衛門は膝を打った。興奮を隠しきれない。

おぼろ小僧が忍びこんだ大名屋敷の下屋敷が、すべてこの界隈《かいわい》に集中しているのだ。

土手のうえにあがり、小名木川の対岸を眺めた。

そこには土屋屋敷の海鼠塀が繋がり、大屋根の甍がみえる。

直次郎はあの大屋根の瓦を葺きかえ、おぼろ小僧は葺きかえた瓦を外して屋根裏へ忍びこんだ。

「墓穴を掘ったな」

深川の土屋屋敷に忍びこんだばっかりに、ばらばらの盗み先が一本の糸で繋がった。

慎重なおぼろ小僧にしては、危ない橋を渡ったものだ。
あるいは、そうせざるを得ない事情でもあったのか。
大粒の雨が落ちてきた。
川面に映った黒雲が、生き物のように流れてゆく。
三左衛門は濡れるにまかせ、土手のうえに仁王立《におうだ》ちした。
おぼろ小僧は、この界隈を熟知している者にちがいない。
さらに言えば、大名屋敷の内情を知ることのできる立場にある者だ。
それはいったい、誰なのか。
勤番侍が疑いもせずに出入りするところ。
その連結点に、おぼろ小僧はきっといる。
三左衛門は早足で土手をすすみ、新高橋を北に戻った。
濡れた睫毛のさきには、辻番所がひっそりと建っていた。

九

辻番所に戻ってみると、忠介が覚悟を決めたような顔で待っていた。
「戻ってくるとおもっていましたよ」

「おぬしが、おぼろ小僧なのか」

「逃げも隠れもいたしません。このあたりが年貢《ねんぐ》の納め時のようだ」

「はやまるな」

「もういちど見逃してもらえるとは、おもっちゃおりませんよ。あっしも年だ。ずいぶん長く生きちまった。もう、いつ死んでも悔いはねえ。ただ、わがままをひとつ言わせてもらえば、死ぬときは世間を騒がした盗人らしく死に花を咲かせてえもんです」

「盗人らしくか、聞いて呆れるな。それにしても、辻番がどうして盗人稼業を」

「辻番が盗人じゃいけませんか。莫迦にされて口惜しかった。世間を見返してやりたかったんですよ」

「そんなことで盗みに走るとはな」

「じつは逆さまでしてね、辻番をやるまえは盗人専門だった。商家に忍びこんでは小金を盗み、盗んだ金はぜえんぶ博打《ばくち》に注ぎこんじまった。屑《くず》ですよ、人間の屑を絵に描いたような野郎だったんです」

　ところが、ある夜、外神田の醬油問屋に盗みにはいり、運悪く家人に捕まった。

「そこの旦那さまができたお方でしてね、あっしを番屋に突きだすどころか、懇《こん》懇《こん》と諭《さと》してくだすったんです。どんな事情があろうとも、他人《ひと》さまが汗水垂らして稼いだ金を盗んではいけない。盗んだ金をひとりじめにするなんざ、愚《ぐ》の骨《こっ》頂《ちょう》だ。まんがいち大金を手に入れたとしても、ことごとく困っている人々に施さねばならぬ。旦那さまは仏のような笑みまで浮かべてそう仰り、この手にきっちり十両もたせてくれたんですよ」

二十年もむかしのはなしだという。

「醬油問屋とは常陸屋のことか」

「そのとおりで。諭してくだすったのは、庄右衛門さまです。あっしにとっちゃ生き神さまだった。あんな悲惨な最期を遂げるなんて……くそっ」

忠介はことばに詰まり、洟《はなみず》を啜った。

「あっしは庄右衛門さまに諭され、足を洗ったんです」

「ところが二十年も経って、また血が騒ぎだしたのか」

「虫の知らせとでも言いやしょうか。あっしもそう長くはねえ。お迎えが来るまでに、やりてえことをやっておこうと」

「それで、大名屋敷に」

「辻番を十年もやっていりゃあ、この界隈に集まっている大名屋敷のことは、たいていわかっちまいます。なにせ、勘定方の連中も蠟燭を貰いにきますからね。江戸藩邸のことなら、奥向きの場所から金の在処まで、その気になりゃ聞きだすことは容易だ」

忠介は数年がかりで調べあげ、企てを練り、実行に移した。

「盗み金にゃいっさい手をつけねえと、誓ってやったことだ。あっしの目当ては金じゃねえ。江戸じゅうに小判をばらまきたかっただけなんだ」

手はじめに挑んだ御三卿田安家下屋敷への首尾が上々にはこび、勢いに乗って三田四国町の松平隠岐守中屋敷への盗みも難なくやり遂げた。貧乏人に金をばらまくことが狙いなので、盗んださきを世間に知らしめす必要がある。いずれも瓦版屋を抱きこみ、派手に喧伝《けんでん》してもらった。

狙いどおり、おぼろ小僧の名は世間に知られるようになった。

そこで、三番目に目をつけたのが、本命とも言うべき駿河台の土屋釆女正上屋敷であった。

生き神とも慕う常陸屋庄右衛門が御用達をつとめる大名だ。当初は忍びこむ予定になかったのだが、江戸藩邸の内情を調べてみると、留守居役の野々垣玄蕃《ののがきげんば》なる人物がとんでもない食わせ者だということが判明した。

野々垣は藩の財布の紐を握っており、出入りの商人たちから接待漬けになっていた。賄賂で私腹を肥やす奸臣《かんしん》にほかならず、商人たちに無理難題を押しつけ、少しでも気に入らないことがあると陰湿ないじめをやる。

常陸屋も例外ではなく、散々《さんざん》に煮え湯を呑まされているのがわかった。

「そこでひとつ、留守居役に泡を吹かせてやろうと考えたわけです」

忠介は朧月夜を待って、上屋敷の大屋根に取りついた。

瓦を外し、まんまと奥向きに忍びこみ、百両ばかりの小判を盗んだ。

「さて、ずらかろうとしたそのときでした。勝手場に火の手があがりましてね。妙なことに、油樽ではなしに醬油樽が燃えていると、誰かが叫んでいやがった。耳を澄ますと、そいつがただの醬油樽じゃねえ、常陸屋の醬油樽が燃えていると、わざわざ叫んでいる連中がいたんです」

忠介は危険を顧《かえり》みず、屋根づたいに火元へ近づき、叫んでいる連中の顔を確かめてやった。あとで素姓を調べてみると、朽木正吾《くちきしょうご》という用人頭を筆頭とするものたちで、いずれも野々垣玄蕃の子飼いであった。

「怪しい。こりゃ何かあるとおもいやしたがね、そいつが常陸屋さんを陥れる罠だとはおもいもしなかった。あのとき察していりゃ、手が打てたかもしれねえ。かえすがえすも口惜しいはなしです」

　それから、忠介は憑《つ》かれたように盗みを繰りかえし、気づいてみれば三月足らずのあいだに八箇所もの大名屋敷に忍びこんでいた。

　すべて上々の首尾であったが、八番目の秋元但馬守中屋敷に忍びこんだときだけは肝を冷やした。

「旦那に出くわしたときですよ」

「なるほど」

「そろそろ、潮時だとおもいましてね。盗みはそれっきり、手仕舞いにするはずでした。死に花を咲かせてえなんぞと望みながら、いざとなりゃ命が惜しい。人間なんて弱《よえ》え生き物だ。もう少し生きてみてえとおもったら、途端にぶるってきやがった」

「が、手仕舞いにするどころか、おぬしは九番目にまたもや土屋屋敷を選んだ。しかも、足がつきやすい深川の下屋敷だ」

「どうしてか、お知りになりたいですか」

「無論だ」

「常陸屋の大旦那さまが、ひょっこり訪ねてこられたんですよ」

「なに、庄右衛門どのが」

「大旦那さまは、すべてお見通しだった。あっしが深川で辻番をやっていることも、おぼろ小僧だってえことも」

すべて知ったうえで、頼み事を携えてきた。

「軒行燈《のきあんどん》に火を灯したころでした。大旦那さまは黒紋付を羽織った扮装《いでたち》でお見えようと右手をあげ、三日ぶりに会ったかのような気さくさで、ここにはいってこられたのです」

庄右衛門は、自分は土浦藩の留守居役に呼ばれており、これから屋敷にあがらねばならない。自分の身にまんがいちのことがあったら、後日、今からみせるものを取りかえしてはもらえまいか。そう言って頭をさげ、懐中から袱紗《ふくさ》に包んだものを取りだしたという。

「じつは、これなんです」

忠介は棚の奥から風呂敷包みを取りだし、恭《うやうや》しく開いてみせた。

古い木札のようなものが出てきた。

「鑑札です。それも、ただの鑑札じゃねえ。常陸屋さんの御初代が土屋家の何代目かのお殿さまから直々に頂戴した三つ石畳紋《みいしだたみもん》の鑑札というやつだそうで」

「三つ石畳紋か」

「土屋家の家紋ですよ。御用達のなかで、家紋入りの鑑札を預けられた商家は何軒もないそうです。これが召しあげられるときは常陸屋が終わるときだと、大旦那さまは仰せになられました」

忠介は独自で、野々垣玄蕃の周囲を探っていた。

わかったことはふたつ、ひとつは回向院門前町の利根屋重蔵《じゆうぞう》という醬油問屋がかなり以前から野々垣に取りいっていること、ひとつは利根屋の画策に乗る恰好で野々垣は常陸屋を御用達から外したい意向があることであった。

とはいうものの、常陸屋は何代もつづく老舗にほかならず、留守居役の立場をもってしても容易なことでは潰せない。しかも、庄右衛門は国家老と懇意《こんい》にしている。野々垣としては、利根屋との癒着《ゆちやく》を嗅ぎつけられたくなかった。賄賂で私腹を肥やしているのが露顕《ろけん》すれば、腹を切らねばならぬ恐れも否めない。

野々垣は庄右衛門を警戒し、亡き者にせんと画策していたにちがいないと、忠介は言いきる。

「そいつは、大旦那さまがいちばんよくわかっていた。死を覚悟しておられたのです。みずから、この由緒《ゆいしょ》ある鑑札を返上すれば、常陸屋が細々と生きのびる道はのこしてやるとでも諭されたのでしょう」

庄右衛門は脅しにも責め苦にも屈せず、翌朝、変わり果てたすがたで百本杭の汀《みぎわ》に浮かんだ。

「たぶん、殺ったのは野々垣の用人どもにちげえねえ。用人頭の朽木は佐分利《さぶり》流《りゅう》の遣い手だとか聞きました」

「佐分利流といえば管槍《くだやり》か」

「はい」

三左衛門は、庄右衛門の背中をひと突きにした得物が槍であったかもしれぬことをおもいだした。

「惨《むご》いはなしだな」

「あっしは、大旦那さまのご遺言を果たさなきゃならなかったんです」

忠介は下屋敷に忍びこみ、三つ石畳紋の鑑札をまんまと奪いかえした。

「ついでに、野々垣の枕許から小判も盗んでやりましたがね」

「溜飲《りゅういん》を下げたというわけか」

「少しばかりは」

「だがな、そのおかげで罪もない瓦職人が捕まったのだぞ」

「まったく、因果は巡る糸車ですわい。その瓦職人が常陸屋のお嬢さまが惚れなすったお相手だったとはねえ。ふふ、ご心配にはおよびません。自分の蒔《ま》いた種は自分で刈りとりますよ」

「どうする」

「どこかの御屋敷へ、いまいちど盗みにはいりゃいいんです」

なるほど、おぼろ小僧がどこかで動けば、本所廻りから四六時中監視されている直次郎の疑いは解けよう。

「でも旦那、瓦職人の罪を晴らしただけじゃ、あっしの気はおさまりそうにねえ」

「どうする気だ」

「野々垣玄蕃は鑑札を盗まれ、面目を失いかけておりやす。この鑑札を餌《えさ》にすれば、誘いだすことはできる」

「誘いだしてどうする」

「殺るんですよ。大旦那さまの弔《とむら》い合戦だ」

「おぬし、人を殺めたことがあるのか」

「いいえ」

「策は」

「ありません。匕首《あいくち》を握って懐中《ふところ》に飛びこむだけですよ」

「無謀だな」

「しくじっても悔いはねえ。やることはやったと笑って死ねる。それだけでいいんだ。へへ、旦那、耄碌爺《もうろくじじい》の戯言《たわごと》だと、聞き流してくだせえよ」

「そういうわけにはいかぬ」

「だったら、どうするんです。自身番に突きだしますかい」

忠介の目が異様な光を帯び、狭い部屋に殺気が膨らんだ。

「まあ、落ちつけ」

三左衛門は、つるっと顔を撫でた。

「やるからには、しくじりは許されぬ。策を練ろう」

「え」

老いた盗人は、口をぽかんと開けた。

「驚くことはあるまい。手伝ってやると申しておるのだ」

「ど、どうして旦那が」

「やることをやったあとでなければ、盗みにも気持ちがはいらぬであろう。だいじな仕事のまえに死なれたら、直次郎の疑いが晴れぬではないか」

「そりゃまあ、そうですがね」

納得できない様子の忠介にむかって、三左衛門はにっと笑ってみせた。

十

悪党を裁く段取りが決まった。

鑑札の一件を捻《ひね》り文《ぶみ》に記して誘いだすと、予想どおり、敵はまんまと引っかかった。

なにしろ、三つ石畳紋の鑑札が盗まれた一件については、盗んだ張本人しか知らないことなのだ。留守居役の野々垣玄蕃は、おぼろ小僧が偶《たま》さか鑑札を盗み、それが金のなる木と踏んだうえで交渉を仕掛けてきたものと、頭から信じこんだ。

葉月《はづき》晦《つごもり》、月はない。

明日はおきちが産まれて百日目、お食い初《ぞ》めの祝いをしてやらねばならぬ。

ご飯に箸を付けて食べるまねをさせ、一生食べ物に困らないようにと願掛けをする。

たいせつな祝い事のまえに、面倒事はすっきりさせておきたい。

三左衛門は月代を剃った。

おまつはふんと鼻を鳴らしたが、まんざらでもなさそうだった。

うるさく理由を糺《ただ》さぬところが、おまつのよいところだ。

が、まさか、九万五千石の重臣を罠に掛けるためにやったことだとは想像もつくまい。

江戸の闇は深く、時折、山狗《やまいぬ》の遠吠えが聞こえてきた。

三左衛門はひとり、腰を下ろして釣り糸を垂れている。

ここは百本杭の汀、庄右衛門の屍骸《むくろ》がみつかったあたりだ。

見渡しても、釣り人の影はほかにない。

夜目は利くが、提灯《ちょうちん》の用意もあった。

敵に居場所を知らせるためのものだ。

捻り文には落ちあう場所と時を明示し、小舟で来るようにとの条件をつけた。

小舟に乗るのは野々垣玄蕃と船頭ひとり、ほかに手下を連れてきたときは鑑札を渡すことができないと、釘を刺しておいた。

船頭役はおそらく、管槍を使う朽木正吾がつとめるにちがいない。手練《てだれ》の朽木さえどうにかすれば、野々垣の身柄は意のままにできると、三左衛門は踏んでいた。

無論、敵が素直に条件を呑むとはおもっていない。

案の定、さきほどから人の気配を察している。

背後の木立だ。

三人か。

みくびったな。

ゆらりと、三左衛門は腰をあげた。

夜目が利く者でなければ、こちらのすがたはみえまい。

三左衛門は釣り竿を置き、跫音《あしおと》を忍ばせて近づいた。

そして、走る。

木立までは半町、走りながら白刃を抜き、風のように躍りこむ。

「うげっ」

峰に返し、ひとり目の月代を叩いた。

横に飛び、ふたり目の首根を打ちすえる。

「のひぇっ」

一瞬にして、刺客ふたりが砂地に頽《くずお》れた。

「くせものめ」

後ずさる三人目に、鋭い眼光を投げかける。

構えから推すと、少しは腕におぼえがあるらしい。

相手は八相《はっそう》から青眼に落とし、鋩《きっさき》をぴたりと静止させた。

三左衛門はものも言わず、無造作に身を寄せる。

「小癪《こしゃく》な。いや……っ」

青眼から、突きがきた。

ひょいと鬢《びん》の際《きわ》で躱《かわ》し、鳩尾《みぞおち》に膝蹴りを食らわせてやる。

「ぬぐっ」

すかさず反転し、後ろ頭を峰でしたたかに叩くや、相手は砂を嚙むような恰好で地べたに俯《うつぶ》した。

三人とも、当面は起きあがってこられまい。

ほかに人気がないことを確かめ、白刃を鞘《さや》におさめる。

おさめた得物は、刃渡《はわたり》一尺四寸の小太刀にほかならない。

「そろそろ、刻限だな」
汀まで走って戻り、大橋のほうに目をほそめた。
小舟が一艘、心もとない様子で近づいてくる。
三左衛門は提灯を灯し、竿の先端に結んだ。
提灯を揺らしてみせると、小舟のほうからも龕灯《がんどう》の合図が返ってくる。
「よし」
竿を地面に突きさし、手を離す。
あとは放っておいても、川風が先端の提灯を揺らしてくれることだろう。
三左衛門は着物を脱いで褌《ふんどし》一丁になり、小太刀を鞘から抜いて握った。
爪先から川にはいり、足、腰、胸と徐々に浸かってゆく。
さすがに冷たい。
ここは我慢だ。
波紋を静かにひろげながら、小舟に近づいていった。
先方は気づいていない。
提灯の炎をめざし、汀に近づいてくる。
手下が賊を仕留めたものと期待しているにちがいない。

そうした過信が仇《あだ》となる。
三左衛門は水馬《あめんぼう》のように泳ぎ、小舟の艫《とも》に取りついた。
「それ」
力を込め、舟を上下に揺すってやる。
「うわっ」
船首に立つ船頭は棹《さお》を取りおとし、そのまま、川のなかへもんどりうった。
「朽木、朽木」
叫んでいるのは野々垣だ。
必死の形相《ぎょうそう》で縁にしがみついている。
一方、朽木は水飛沫《みずしぶき》をあげて暴れていた。
好都合なことに、泳ぎが得意でないらしい。
三左衛門は小太刀を口にくわえて潜り、ぐんと水を蹴った。
水中は薄暗い。
魚になった気分だ。
水を搔いて朽木の真下に泳ぎつき、ばたつく足の一本をつかむや、おもいきり
引きよせてやる。

「ぬわっ……ごぼごぼ」
朽木は水中に沈み、足を離すと浮きあがった。
三左衛門も水を縦に蹴り、水面に浮きあがる。
大きく息を吸い、すぐに潜って足を引っぱる。
朽木は必死だ。
大量の水を呑んで藻掻《もが》き苦しみ、やがて、流木のように流されていった。
死んではいない。運が良ければ生きながらえるであろう。
三左衛門は小舟まで難なく泳ぎつき、縁に手を掛けた。
顔をもちあげた途端、管槍の穂先がぐんと伸びてきた。
「狼藉者《ろうぜきもの》め、死ね」
野々垣がへっぴり腰で槍を構え、疳高《かんだか》い声をあげる。
三左衛門は手を離して船底に潜り、反対側の水面にぽっかり顔を出した。
中腰できょろきょろしている男の尻に、ぶすっと小太刀の先端を刺してやる。
「うひゃ、痛っ」
野々垣は悲鳴をあげ、へたりこんでしまった。
三左衛門は艫にまわり、舟のうえに這いあがった。

すかさず、野々垣のもとへ近寄り、柄頭《つかがしら》でぼこっと顔を撲りつけた。

「ぬへっ」

左目のうえがみる間に腫れあがり、顔が別人のように変わる。

肉饅頭《にくまんじゅう》を固めた悪相がいっそう醜く変貌し、みられたものではない。

齢は五十のなかば、接待漬けのせいで腹はでっぷり肥えている。

首などは肩に埋まり、顎《あご》の肉襞《にくひだ》が襟からはみだしていた。

「おぬしが野々垣玄蕃か、おもったとおりの悪党面だな」

野々垣は応じず、尻をさすって痛がった。

「お、おぬしが……お、おぼろか」

「余計なことは喋るな。着物を脱げ」

「え」

「早くしろ。ぜんぶ脱いで褌一丁になれ」

野々垣は言われたとおりにした。

もはや、左目は腫れた瞼でふさがっている。

「猪豚《いのぶた》め」

とても正視できる裸ではない。

三左衛門は上等な絹織りの着物を羽織り、きゅっと帯を結んだ。

「温《ぬく》いな。おぬしを濡らさずにおいて助かった」

「わ、わしはどうなる。わしは土浦藩九万五千石の留守居役ぞ。ぶ、無礼ではないか」

「無礼も糞もあるか」

三左衛門は転がった棹を拾い、小舟を葭《あし》の茂みのなかへ漕ぎすすめた。

「ど、どうする気だ」

「庄右衛門のように、死んでもらうかな」

「なに」

「おぬしが殺らせたのか」

「ふん、下郎に答える必要なぞないわ」

「そのなりで強がってどうする」

「殺す気か、やってみるがよい。ただし、金はもってきておらぬからな」

「ほう。最初から、わしを斬って鑑札を奪う腹か」

「金が欲しくば、わしを生かして帰すことだ。のう、そうせい。わるいようにはせぬ」

「ふふ、平気で約定《やくじょう》を破る相手を信じられるか」

「おぬし、金が欲しくはないのか」

「金はどうでもいい。欲しいのは、その小汚い素首《そっくび》だ」

「な」

「正直に吐けば、首までは取らぬ。朽木とか申す飼い犬に庄右衛門を殺させたな」

「ふん、それがどうした」

「常陸屋に恨みでもあったのか。さんざ世話になったのであろう」

「そうでもないさ。常陸屋は商人の分際《ぶんざい》で賄賂を渋りおった」

「なるほど、それで、利根屋に乗りかえようとしたわけか」

「庄右衛門はなかなかの策士、あやつさえ消えてくれればどうとでもなったのじゃ。そんなことを聞いてどうする。たかが、盗人であろうが。何なら、わしの密偵にならぬか。おう、そうじゃ、それがいい。おぬし、腕も度胸もありそうだしな」

「乗ってもいい。されど、付き合ってほしいところがひとつある」

「今からか」

「そうだ」

三左衛門は水面に棹をさし、小舟を漕ぎだした。

汀ではあいかわらず、竿の先端に結んだ提灯が揺れている。

近づいてゆくと、提灯のそばに、いつの間にか、大きな丸桶がひとつ置いてあった。

「おい、おぼろ、あれは何だ」

「あれか、醤油樽だな」

「醤油樽」

死人を納める早桶《はやおけ》にみえなくもない。

九万五千石の留守居役を、引っかけようというのだ。

これだけの大仕掛けは、ひとりやふたりではできない。

夕月楼の金兵衛に相談し、担ぎ手の若い衆を貸してもらった。

「あれに乗ってもらう」

「嫌だ、わしは乗らぬ。死んでも乗らぬぞ」

「騒ぐな」

三左衛門は棹を頭上で旋回させ、太い根元の先端で野々垣の鳩尾を突いた。

「うっ」

みっともない裸の留守居役が、白目を剝いて気を失う。

「眠っておれ」

三左衛門は纜《ともづな》をつかみ、ひらりと浅瀬に飛びおりた。

十一

夜も更けた。

醤油樽が着いたのは百本杭から目と鼻のさき、回向院門前町である。

竪川に架かる橋をひとつ渡れば一ツ目弁天、本所廻りの縄張り内だ。

野々垣玄蕃は樽のなかで気を失っている。

左目の周囲はあおぐろく腫れあがり、じっくり眺めても本人との判別はつかない。しかも、元結《もとゆ》いを切ったので髪はざんばら、額や頰には炭を塗りつけ、柿渋《かきしぶ》色《いろ》の筒袖《つつそで》と股引《ももひき》を着せておいた。とても、九万五千石の重臣にはみえない。

醤油樽を所定の位置におさめると、若い衆は何処《どこ》かへ消えていった。

あとは主役に活躍してもらう番だ。

「そろそろだな」

三左衛門のもとへ、黒い影がひとつ近寄ってきた。

「旦那」

「お」

ひょっこり顔を出したのは、御用聞きの仙三である。

「へへ、首尾は上々のようで」

笑いながら、醬油樽の蓋をぽんと叩く。

「そっちのほうの段取りは」

「細工は流々といったところで。阿呆どもめ、こっちの流した嘘をすっかり信じこみ、隣町にある藤堂さまの御屋敷を見張っておりやす。呼子をぴっと吹いてやりゃ、血相変えて飛んでくるにちげえねえ」

「八尾さんは」

「のんびりご登場願いやす」

「よし」

「あとは仕上げを御覧《ごろう》じろ、親爺さんが上手《じょうず》に立ちまわってくれるかどうか」

「心配はいらぬ。なにせ、おぼろ小僧だからな」

「へ、仰るとおりで」

野々垣の閉じこめられた醬油樽には、利根屋の屋号が描かれてある。

ここは利根屋の勝手口、生垣に囲まれた簀戸《すど》から露地裏に抜けられる。納屋には樽や笊《ざる》が散らばり、古井戸を覗けば天に瞬《またた》く星々が映っていた。

「さ、旦那も早くお支度を」

仙三に促され、三左衛門は納屋の暗がりに踏みこんだ。

そこには、鎖鉢巻《くさりはちま》きや鎖帷子《くさりかたびら》もふくめて、捕り方の装束一式が用意されている。

三左衛門は素速く着替え、野々垣の着物を小脇に抱えて出てきた。

「どうだ仙三、少々くたびれておるが、小者にみえなくもあるまい」

「月代も剃ってさっぱりなされたし、さまになっておりやすよ」

「すまぬが、留守居役の召し物を捨てておいてくれ」

「醬油樽にでも漬けこんでおきやすかね」

軽口を叩きあっているとと、店のなかが何やら騒々しくなった。

「どろぼう、どろぼう」

家人たちが口々に叫んでいる。

刹那《せつな》、勝手口から黒い影が飛びだしてきた。

ひょっとこの面をかぶった男だ。

「ほら来た」

「合点」

仙三は仰けぞるように、呼子を吹きならす。

三左衛門は醬油樽を蹴倒し、野々垣玄蕃を引きずりだした。

黒い影はふたりの脇で足を止め、面を外してみせる。

にっと、入れ歯を剝いた。

忠介である。

「こいつを」

「ほい」

三左衛門が手渡されたのは、柿渋色の着物とずっしりと重い頭陀袋《ずだぶくろ》だ。

「袋には五十両ばかし、へえっておりやす」

着物を着せた野々垣の懐中に頭陀袋を抱かせ、ひょっとこの面をかぶせてやる。

「よし、これでいい」

「じゃ、あっしはこれで」

忠介は滑るように走りさり、簀戸の手前でふわりと宙に飛んだ。

あれだけの身軽さがあれば、容易に逃げおおせるだろう。

「勝手口だ、勝手口から逃げたぞ」

仙三が声をかぎりに叫んでいる。

遅ればせながら、捕り方がどっと押しよせてきた。

一団を引きつれているのは、本所廻りの荒木平太夫と腰巾着の文治だ。

生垣の周囲には御用提灯が並び、店の内からも道具を手にした捕り方どもが駆けよせてくる。

「おぼろだ、おぼろ小僧だぞ」

仙三は煽《あお》りたてた。

頃合いよしと見定め、三左衛門は野々垣の背後にまわる。

肩をつかんで活《かつ》を入れると、哀れな猪豚は目を覚ました。

面をかぶっているので、ほとんど視界が利かない。

「闘わねば、殺されるぞ」

耳もとに囁き、その手に匕首を握らせてやる。

「こっちだ、こっちにいるぞ」

三左衛門はひと声叫び、野々垣の尻を蹴りあげた。

「ひぇっ」

激痛に耐えきれず、肥えた男は地べたに転がった。

「それい、あそこだ」

荒木が指揮十手を翳《かざ》し、文治以下の捕り方が駆けてくる。

三左衛門はといえば、ちゃっかり集団のなかに紛れこむ。

野々垣は果敢にも起きあがり、面をはぐりとった。

もはや、鬼の形相である。

「うらら、くおお」

雄叫《おたけ》びをあげながら、闇雲《やみくも》に匕首を振りまわす。

「引っ捕らえろ、ぐずぐずするな」

荒木にけしかけられ、文治が前面に躍りでた。

腰が引け、近寄ることもできない。

「梯子《はしご》だ、梯子」

仙三が叫んだ。

大捕り物になった。

野々垣は口から泡を吹いている。

何事かを喚《わめ》いているのだが、意味は不明だ。

「ぬおおお」

手にした頭陀袋を振りまわし、小判をばらまきはじめた。

それをみて、捕り方の後方にいた商人が駆けだしてきた。

「金だ、わたしの金だ。あの男を、あの男を早く捕まえてくだされ」

利根屋の主人、重蔵である。

鼠のような小男だ。

「それ」

捕り方から梯子が突きだされ、野々垣の首に引っかかる。

「ぐえっ」

刺又や袖搦が矢継《やつ》ぎ早《ばや》に繰りだされた。

野々垣は飛びださんばかりに目を剝き、激しく抵抗しつづけた。

が、すぐに力尽き、地べたに両膝を落とした。

「それ、今だ」

文治が駆けより、野々垣に早縄を打った。

「荒木さま、こやつ、何かつぶやいております」

「何と言うておる」

「九万五千石がどうのこうのと」

野々垣は、まともに喋ることもできないようだ。

荒木が利根屋をしたがえ、つかつか近寄ってきた。

「世迷《よま》い言《ごと》を抜かしおって。往生際のわるいやつだな」

やにわに、ぼこっと顔を蹴りつける。

野々垣は鼻血を噴き、仰向けに倒れた。

「利根屋、こやつか。おぼろ小僧は」

「え、へえ」

利根屋は野々垣よりも、地面に散らばった小判のほうが気になるらしい。

「どうなのだ」

「へえ、似ているような気もいたしますが」

「おぬし、その目でみたのであろう」

「なにせ、寝込みを襲われましたもので」

「こやつをおぼろと認めれば、盗人騒ぎはひとまず鎮まるのだぞ」

「へえ。じゃ、おぼろということで結構でございます」

「何じゃ、その答えは。煮えきらぬのう」

そこへ、六尺豊かな定町廻りが着流し姿であらわれた。

半四郎である。

「荒木さん」

「ん、八尾か、何しに来た」

「大捕り物があったと聞きましてね。ほほう、そやつがおぼろ小僧ですか。これはこれは、十年に一度の大手柄ですな」

「十年に一度」

荒木はまんざらでもない顔で、顎を撫でまわす。

「ま、おぬしには申し訳ないが、手柄は貰っておこう」

「どうぞ、ご遠慮なく」

荒木はそっくり返り、小鼻を膨らませた。

「文治、おぼろ小僧を引ったてい」

「へへえ」

三左衛門は、一団の隅っこでほくそ笑んだ。

こうなったら、本所廻りもあとには引けぬ。

どのような手段を講じても、野々垣を下手人に仕立てることだろう。

よしんば、詮議《せんぎ》の過程で素姓があきらかになったとしても、野々垣玄蕃は土浦藩の藩法によって裁かれるにちがいない。

乱心につき打ち首と、三左衛門は読んだ。

と同時に、このたびの騒動が国許の知るところとなれば、藩は面目を保つために徹底して真相を調べるはずだ。野々垣に取りいった利根屋の悪事も露顕するだろうし、留守居役の下で甘い汁を吸っていた連中は、根こそぎ罪を問われるにちがいない。

やがて、利根屋の周辺から御用提灯が消えた。

半四郎と仙三は首尾を見届けるべく、本所廻りの背にしたがった。

勝手口のそばには、空の醬油樽が転がっている。

ひとり簀戸を抜け、暗い露地裏に出た。

「火の用心」

遠くで拍子木が鳴っている。

「うまく逃げおおせたな」

三左衛門は、考え深げに歩みはじめた。

十二

長月《ながつき》十三夜の月待ちも過ぎ、芝神明町《しばしんめいちょう》のだらだら祭も終わりに近づいた。

亥《い》ノ刻（午後十時）、空には更待《ふけま》ちの月が昇りかけている。

九尺二間の部屋には天窓があり、月の翳《かげ》る様子がよくみえた。

娘たちが並んですやすや眠るそばで、おまつは縫い物をしている。

「聞いたかい、おまえさん、おぼろ小僧が鈴ケ森《すずがもり》で打ち首にされたんだって」

「そうらしいな」

獄門首は今頃、海風にさらされていることだろう。

「最後の最後まで、どこかの大名家の留守居役だと言いはっていたらしいよ」

「ほう」

「あたしゃ、少しがっかりしたね。だって、読売に載っていたおぼろ小僧は役者顔負けの色男だったじゃないか。それが蓋を開けてみれば、往生際のわるい肥えた五十男だったとはね」

「ま、世の中そんなものさ」

半四郎によれば、野々垣玄蕃の詮議がすすむ過程で、その素姓にたいして疑いが掛けられ、土浦藩への照会も何度かおこなわれた。

が、藩は野々垣を見捨てた。

知らぬ存ぜぬで押しとおし、水面下でこのたびの不始末を調べ尽くした。

悪党どもが芋蔓《いもづる》のように出てくるなか、利根屋重蔵も藩法によって厳しく裁かれた。

打ち首である。

一方、常陸屋は御用商人の座を回復した。

家宝とも言うべき三つ石畳紋の鑑札は、知らぬ間に戻っていたという。

三左衛門は楊枝《ようじ》を削る手を止め、おまつをみた。

「そういえば、直次郎とおさとの結納はどうなった」

「おかげさまで、とどこおりなく済みましたよ」

「亡くなった大旦那の遺言だからな、反対する者はおらぬだろうさ。ふふ、これで向こう半年は楽ができるな」

「それがね、おまえさん」

「ん」

「仲人料は頂戴できないと、お断りしちまったんだよ」

「なに」

「口が勝手に喋っちまったのさ。だって、お金を頂戴したら、大旦那さまへの恩返しにならないじゃないか」

おまつは、泣きそうな顔になった。

泣きたいのはこっちだ。

「もう、無理なのか」

「大旦那さまをおもってくれる気持ちが嬉しいと、庄兵衛さんもお内儀《かみ》さんも泣いてくれてねえ。はっきりきっぱりこれっきり、断ったあとで後悔しちまったよ」

一句浮かんだ。

「女房の見栄という名の心意気、悔い悩みても是非無きことは」

「なんだい、それ」

「別に」

三左衛門は俯き、淋しそうに楊枝を削る。

そのとき、油障子の向こうに人影が動いた。

――誰だ。

叫ぶ暇もなく障子が破れ、小判が一枚投げこまれた。

「おまえさん」

おまつの叫びで、おすずが起きた。

ついでに、おきちも目を覚まし、火がついたように泣きだした。

薄っぺらな屋根がみしっと軋み、天窓の月が人影に隠された。

つぎの瞬間、小判が雨霰と降ってきた。

ちゃりん、ちゃりんと、小気味良い音が響いている。

「おまえさん、天の恵みだ、天の恵みだよ」

おぼろ小僧は生きていた。

本所廻りの手柄は、一瞬にして消えさるにちがいない。

「味な真似をしやがる」

三左衛門は黄金《こがね》の雨が降るなかで、はちきれんばかりの笑みをつくった。

双葉文庫

さ-26-36

照《て》れ降《ふ》れ長屋風聞帖《ながやふうぶんちよう》【八】

濁《にご》り鮒《ぶな》〈新装版《しんそうばん》〉

2020年8月10日　第1刷発行

【著者】

坂岡真《さかおかしん》

【発行者】

箕浦克史

【発行所】

株式会社双葉社

〒162-8540 東京都新宿区東五軒町3番28号

［電話］03-5261-4818(営業)　03-5261-4833(編集)

www.futabasha.co.jp(双葉社の書籍・コミックが買えます)

【印刷所】

中央精版印刷株式会社

【製本所】

中央精版印刷株式会社

【フォーマット・デザイン】

日下潤一

ISBN978-4-575-67012-7 C0193

Printed in Japan